당첨되셨습니다

SF 앤솔러지

당첨되셨습니다

길상효
오정연
전혜진
정재은
홍준영
곽유진
홍지운
이지은
이루카
이하루

비룡소

차례

1 / **코쿤** 길상효 —— 7

2 / **오즈에서의 14일** 오정연 —— 27

3 / **배추벌레 공주** 전혜진 —— 55

4 / **뭘 좀 아는 나이** 정재은 —— 79

5 / **소생과 탄생 사이** 홍준영 —— 103

6 / **떡볶이 집의 불사신** 곽유진 —— 123

7 / **세상에 나쁜 쇼고스는 없다** 홍지운 —— 147

8 / **누나의 에펠탑** 이지은 —— 167

9 / **속마음 도둑** 이루카 —— 189

10 / **당첨되셨습니다** 이하루 —— 209

1 / 코쿤

길상효

"좋을 때다."

지나가던 큰 아이들 중 하나가 채리와 내 머리를 쓰다듬으며 말했다.

"하지 말라고!"

채리가 버럭 화를 냈다.

"채리 내일 코쿤에 들어간다며. 갔다 와서 보자."

"그 전까지 실컷 놀고."

"내가 저런 때가 있었나 싶다."

한마디씩 던지며 큰 아이들이 멀어져 갔다.

"내가 갔다 와서도 저것들을 상대하나 봐라."

채리가 눈을 흘기며 말했다. 얼른 자라고 싶은 나와 달리 채리는 코쿤에 들어갔다 나온 아이들을 꼴사나워했다. 몸만 뻥튀기처럼 커졌지, 속은 오히려 텅텅 비어서 나왔다면서.

코쿤에 들어간 아이들은 한 달 만에 이삼십 센티미터씩 자라서 돌아왔다. 옛날에는 자연적으로 열대여섯 살까지, 드물게는 스무 살까지도 자랐다는 이야기는 들을 때마다 신기했다. 이제는 누구든 십 대 초에 성장이 멈추는 탓에 뼈와 근육의 성장은 물론이고 호르몬 균형과 면역 체계의 완성을 위해 코쿤이라는 캡슐 기계를 거쳐야만 했다. 성장판과 호르몬 검사의 결과에 따라 코쿤에 들어갈 시기가 결정되고, 통보를 받으면 이 주 안에 코쿤 센터에 입소해야 한다. 생일도 키도 비슷한 채리와 나는 오래전부터 비슷한 시기에 입소하기를 기대했다. 하지만 통지서를 받은 채리가 이 주를 꽉 채워 기다릴 때까지 나는 통지서를 받지 못했다.

"마지막으로 농구 한판 할까? 아, 마지막이란 말은 취소."

채리가 손을 내저으며 말했다.

"마지막 맞지, 같은 조건으로는. 대신에 너 코쿤에서 나오면 나한테 10점 접어 주기야."

어떻게든 성장판을 자극해 놓아야 코쿤 안에서 최대한 자랄

수 있다는 소문에 집집마다 아이들에게 농구를 시키느라 성화였다. 채리와 나 역시 그렇게 농구를 시작했지만 농구 자체가 목적이 된 지 오래였다.

"농구 한판 할까?"

비 오는 날에도, 시험을 망친 날에도, 서로 다툰 날에도 건너뛴 적이 없는 말이었다.

내가 던진 공이 백보드를 맞고 튕겨 나왔다. 리바운드를 잡아챈 채리가 3점 슛 라인 밖까지 드리블하며 달려갔다. 그리고 뒤돌아 튀어 오르며 침착하게 슛을 던졌다. 공이 매끈한 포물선을 그리며 날아갔다. 이번에는 성공할 게 틀림없었다.

탱.

"으악!"

조금 짧았다. 아주 조금. 공이 림을 스치고는 튕겨 나갔다.

"와, 이번엔 정말 들어가는 줄 알았는데."

나보다 더 속상할 텐데도 채리는 웃음 띤 얼굴로 말했다.

농구는 우리의 목적이었고 3점 슛은 채리의 목표였다. 채리는 틈만 나면 3점 슛을 연습했다. 공이 있어도, 공이 없어도.

"잘 있어."

우리 집 앞에 도착하자 채리가 내 손을 꽉 쥐며 말했다. 가슴이 쿵 내려앉는 것 같았다. 고작 한 달이지만 그동안 채리와 함께할 수 없는 일들이 주르르 떠올랐다. 채리가 다시 한번 내 손을 쥐었다 놓고 발길을 돌렸다. 그렇게 멀어져 가던 채리가 갑자기 튀어 오르며 빈손으로 슛을 던졌다. 그리고 다시 몇 걸음 달리다가 더 먼 곳을 향해 슛을 던졌다. 그렇게 3점 슛을 반복하면서 채리가 내 시야에서 사라져 갔다.

다음 날 아침, 코쿤 센터에 도착한 채리가 마지막 메시지라며 사진 한 장을 보냈다. 얇고 헐렁한 자루 같은 옷을 걸치고 캡슐 기계 앞에서 손가락으로 브이 자를 그리며 찍은 셀카였다. 입가에 웃음이 번지면서도 이상하게 눈물이 핑 돌았다. 학교에 도착해 빈자리를 보고서야 채리 없는 첫날을 제대로 실감했다. 여전히 같은 모둠 아이들과 뛰어놀고 급식을 먹었지만 시간은 더디 흘렀다.

그렇게 채리가 돌아오기만을 기다리던 어느 날, 세아가 돌아왔다. 누구도 예상하지 못한 모습으로. 우리 반의 흥을 담당하던 세아가 입을 꾹 다물고 지내는 모습은 충격적이었다. 코쿤에서 돌아온 아이들 중 세아만큼 우리를 놀라게 한 아이는 없었다. 나는 그제야 채리가 코쿤 안에서 어떤 아이로 자라고 있을지 궁금해졌고, 큰 아이들을 유심히 살펴보기 시작했다.

알려진 대로 큰 아이들은 몇 가지 부류로 나뉘었다. 까불던 아이들은 코쿤에 들어갔다 나와서도 여전히 거들먹거렸고, 작은 아이들의 대화나 관심사를 대놓고 비웃곤 했다. 고작 한 달 전의 자신은 까맣게 잊고서. 스스로를 나비족이라고 부르며 우리를 애벌레 취급했지만 사실은 뺑튀기라는 별명이 가장 잘 어울리는 아이들이었다.

어른들이 가장 선호하는 부류는 단연 똑똑해진 아이들이었다. 코쿤 안에서는 뼈와 근육뿐 아니라 시냅스라는 뇌세포 연결 부위가 신생아기 다음으로 가장 많이 증가하는데, 이때 이해력과 논리적 사고도 함께 늘어난다고 한다. 그렇다고 누구나 척척박사가 되는 건 아니었다. 그동안 쌓인 지식과 정보가 고속 네트워크를 이루는 현상이기 때문이다. 그중에는 아주 드물게 엄청난 천재가 탄생하기도 해서 다들 한 번씩 그 행운의 주인공을 꿈꾸기는 한다. 엄마는 코쿤에서 나오자 그전까지 죽어도 이해가 안 되던 분수 계산이 단박에 되면서 수학 성적이 20점이나 올랐다고, 자신도 그런 부류에 속한다고 했다. 어쨌든 그건 그 전까지의 성적이 썩 좋지 않았다는 뜻도 된다.

정신 연령이 너무 높아진 나머지 말이 안 통하는 부류도 있었다. 다들 철학자가 될 기세였다. 뇌세포와 호르몬이 어떻게 되어서라는데, 이 아이들은 신은 존재하는가, 나는 어디에서 왔는가, 인류는 과연 멸종할 것인가 하는 것 따위에 골몰했다. 우주 만물에 질문을 던지고 의미를 부여했다.

언니 오빠 같은 아이들도 있었다. 우리를 동생 취급하기로는 첫 번째 부류와 비슷하지만 배려와 존중이 배었다는 점에서 근본적으로 달랐다. 이 부류의 끝판왕은 인류를 구할 기세로 각종 문제에 발 벗고 나서는 아이들이었다. 인권, 동물권, 기후 문제 같은 것에 목소리를 높였다.

그 외에도 세아처럼 말수가 확 줄거나 비관론자가 된 아이도 더러 있었다. 폭발적으로 늘어난 근육과 운동신경을 가지고 돌아온 아이들은 스포츠 꿈나무가 되기도 했고.

뻥튀기가 되어 나온 채리부터 천재가 된 채리, 심오한 철학자가 된 채리, 인류를 구하러 온 채리, 비관론자 채리, 스포츠 꿈나무 채리의 모습까지 별별 상상을 하며 하루하루를 보내던 중, 채리가 입소한 지 정확히 한 달째 되는 날 아침이었다.

나 지금 퇴소했어. 문방구 앞에서 봐.

채리에게서 문자 메시지가 왔다. 가슴이 쿵쿵 뛰었다. 집에서 며칠 쉬었다 오는 아이들도 있었지만 채리는 곧바로 등교할 모양이었다. 만나면 무슨 말부터 건넬까 궁리하면서 문방구 앞으로 달려갔다. 모퉁이를 도는 순간 먼저 와 있던 채리가 나를 돌아봤다. 훌쩍 자랐을 채리의 모습을 꿈에서도 수없이 그려 봤지만 이렇게 마주 선 지금이야말로 더없이 꿈같았다.

"많이 컸네."

나도 모르게 오랜만에 만난 친척 어른 같은 소리를 내뱉고 말았다. 정작 어른처럼 큰 사람은 채리였는데. 우리는 동시에 배꼽을 잡고 웃어 댔다.

"농구 한판 할까?"

채리가 말했다. 늘 우리의 하루를 마감하던 말이 오늘만은 하루를 시작하는 말이 되었다. 한 달을 기다린 말이었다. 우리는 얼른 학교 체육관으로 달려갔다.

"되게 어색하네."

채리는 이 손 저 손으로 공을 옮기며 어색해했지만 커다래진 채리의 손은 전보다 훨씬 쉽게 공을 다루고 있었다. 길어진 팔다리를 잠시 풀고 드리블 연습을 하던 채리가 내게 공을 던지며 말했다.

"10점 접어 준다. 시작!"

시합은 절대적으로 채리에게 유리했고 나는 순식간에 10점을 따라잡혔다. 리바운드를 잡아 어느새 3점 슛 라인 밖으로 달려간 채리가 가볍게 튀어 오르며 두 팔을 뻗었다. 완벽한 곡선을 그리며 날아간 공이 단번에 림을 통과했다.

"꺄아!"

우리 둘은 서로를 끌어안고 펄쩍펄쩍 뛰었다. 이른 아침의 체육관 안에 우리 둘의 함성과 발 구르는 소리가 울려 퍼졌다.

그런데 왜였을까. 갑자기 채리가 채리가 아닌 것 같았다. 그동안 볼 수 없었던 채리보다 이렇게 꼭 끌어안고 있는 채리가 더 멀게 느껴졌다. 채리의 손끝을 떠난 농구공이 단번에 림을 통과하던 장면이 머릿속에서 천천히 재생되었다. 그 공을 따라 채리 혼자서 어떤 문을 열고 들어가 버린 것 같았다.

그날 이후로도 우리는 여전히 아침마다 문방구 앞에서 만나 학교에 가고, 학원 시간이 크게 어긋나지만 않으면 체육관이나 운동장에서 잠깐이라도 농구를 했다. 한 가지 달라진 점이라면 채리가 더 이상 3점 슛을 던지지 않는다는 것이었다. 왜냐고 물을까도 했지만 그 답도 알 것 같았다. 채리는 목표를 이룬 것이었다. 코쿤에서 돌아온 바로 그날. 게다가 채리는 새 목표를 찾은 것 같았다. 큰 아이들과 어울리는 시간이 늘어났고 특히 책을 좋아하는 아이들과 자주 어울렸다. 이따금 내게 책을 권하거나 빌려주기도 했지만 이상하게 불편했다.

율이가 추천해 줬는데 너도 꼭 읽어 봐. 보라가 선물한 건데 진짜 재밌어. 채리와 나 사이에 누군가가 꼭 끼어 있었다. 나도 처음에는 채리의 호의를 순수하게 받아들였다. 하지만 절반은 커녕 앞부분만 읽다가 만 책들이 쌓여 갔다. 하나같이 어렵거나 지루해서 도무지 책장이 넘어가지 않았다. 책을 집어 들면 채리와 나 사이의 누군가가 떠올랐고, 책을 펼치면 그 안에서 채리가 낯선 사람들과 울고 웃는 것 같았다. 나도 따라 들어가고 싶었지만 문을 찾을 수 없었다. 그때마다 탁 소리가 나게 책을 덮어 버리곤 했다.

채리는 어떤 마음일지 궁금했다. 나와 멀어진 걸 느끼기는 할까? 느끼면서도 내버려 두는 걸까? 아니면 내가 채리에게 내색하지 않는 것처럼 채리도 어쩌지 못하고 있는 걸까? 눈은 수학 문제집을 향해 있었지만 머릿속은 뒤죽박죽이었다.

"엄마도 6학년 때 코쿤에 들어갔었댔나? 나오니까 어땠어?"

식탁 앞에 마주 앉아 일하고 있는 엄마에게 물었다.

"어땠냐고? 좋았지."

엄마는 노트북에 시선을 고정한 채 건성으로 대답했다.

"좋기만 했어?"

"좋지 그럼. 키가 쑥 커서 나왔는데. 머리도 팽팽 돌아가고. 내가 그때 수학 점수가 20점인가 올랐거든."

"그런 거 말고…… 고민 같은 거는 새로 안 생겼어? 친구 문제라든가……."

"왜, 채리가 무슨 문제 있다니?"

엄마는 여전히 건성으로 묻는 것 같았지만 뜨끔했다. 정확히는 채리의 문제가 아니라 내 문제였지만.

"아니, 그냥 궁금해서. 엄마 때도 큰 애들이랑 작은 애들이랑 따로 어울렸나 해서."

"따로 어울렸나? 그런 것 같기도 하고. 그럴 때니까."

"그럴 때라고?"

"그 나이 애들이 다 그렇지."

"컸다고 갑자기 멀어지는 게 정상이야?"

"멀어지는 게 뭐 대수라고. 멀어질 만하니까 멀어졌겠지."

"무슨 대답이 그래? 그게 그렇게 단순한 문제야?"

그러자 엄마가 안경 너머로 나를 쏘아보면서 말했다.

"근데 얘가, 기억도 잘 안 나는 걸 왜 이렇게 꼬치꼬치 물어? 그리고 안 단순할 게 뭐가 있어. 열세 살 때 일인데."

열세 살 때 일인데? 엄마와는 더 이상 대화가 불가능했다. 숙제거리를 주섬주섬 챙겨 일어설 때였다. 엄마가 하던 일을 멈추고 안경을 내려놓았다. 그러고는 팔짱을 끼더니 나를 가만히 쳐다봤다. 뭔가 심각한 이야기를 꺼내려는 것 같았다.

"농구는 했니? 채리 키 큰 거 봤어, 못 봤어?"

애초에 엄마한테 묻는 게 아니었다. 채리는 달라진 게 없는데 내가 너무 예민한 것 아니냐는 대답을 기대한 것부터가 잘못이었다. 그래도 열세 살 때 일 같은 건 아무것도 아니라는 말은 최악이었다. 자란다는 건, 코쿤에 들어갔다 나온다는 건 결국 저런 어른이 되는 과정이라는 생각밖에 들지 않았다.

밤새 고민한 끝에 채리가 빌려준 책들을 모두 가방에 넣었다. 끝까지 읽지 못했다고 채리에게 솔직하게 말할 생각이었다. 그러지 않으면 채리는 계속해서 책을 권할 테고 나는 계속 불편할 수밖에 없을 것 같았다. 그건 서로에게 좋은 일이 아니었다.

문방구 앞에서 기다리던 나는 채리에게 책을 돌려주며 내 상황을 설명했다. 최대한 감정을 드러내지 않으려고 애쓰면서. 채리도 알겠다면서 미안해했다. 그리고 그날이 다 가도록 우리 중 누구도 농구 이야기는 꺼내지 않았다. 그날 이후로도. 우리는 마주치면 인사 정도만 주고받는 사이가 되어 갔다.

"멀어질 만하니까 멀어졌겠지."

생각 없이 던진 줄로만 알았던 엄마의 말이 자꾸 떠올랐다.

채리가 돌아온 후에도 누군가는 코쿤에 들어가고 또 돌아왔다. 교실에는 늘 빈자리가 한둘씩은 있었다. 남아 있는 작은 아이들의 수가 눈에 띄게 줄면서 가장 늦게 코쿤에 들어가는 일에 대한 두려움이 겉으로 드러나기 시작했다. 그 일만은 피하고 싶다는 아이들 사이에서 나는 그게 나이기를 조용히 바랐다. 할 수만 있다면 계속 작은 채로 남고 싶었다.

학급문고 정리 당번이 돌아온 아침이었다. 지난번 담당일 때 늦는 바람에 수지한테 미안했던 일이 생각나 일찍 집을 나섰다. 교실에 들어서자 누군가가 화들짝 놀랐다. 채리였다. 책상 위에 늘어놓았던 것들을 급히 상자에 쓸어 담고 있었다. 눈에 익은 상자였다.

"들켰네……."

채리가 겸연쩍게 웃으며 말했다.

"아, 그거……."

제대로 기억났다. 캐릭터 카드, 스티커, 열쇠고리, 손가락만 한 동물 모형들, 우리가 태어난 해에 만들어진 100원짜리 동전, 메모지, 손에 쥘 수 없을 때까지 쓴 몽당연필, 그 밖의 온갖 것들을 모아 둔 상자였다. 다 기억났다. 사연과 함께 하나하나 보여 주던 채리의 모습도.

"네가 준 것도 있어."

색종이로 접은 왕반지를 내보이며 채리가 말했다. 기억난다. 몇 번이나 망친 뒤 겨우 완성한 반지였다. 마음을 다해 접은 반지였다. 채리는…… 이걸 다 가지고 있었다.

채리는 코쿤에서 나온 뒤 엄마와 함께 작아진 옷을 정리하면서 애착 담요며 장난감까지 주변에 나눠 주거나 버렸지만 상자만은 도저히 버릴 수 없었다고 했다. 그래서 엄마 몰래 학교에 가져다 놓고서라도 한 번씩 꺼내 보지 않을 수 없었다고. 3점 슛을 성공한 순간에는 알 수 없는 먼 곳으로 떠밀려 가는 것 같아서 덜컥 겁이 났다고.

나만큼이나 채리도 놀라게 한 그날의 3점 슛을 떠올리자 수없이 3점 슛을 연습하던 채리가 잇따라 떠올랐다. 자유투도 제대로 못하면서 맨 처음 던진 턱없는 3점 슛부터 코쿤에 들어가기 전날까지도 멈추지 않았던 연습까지. 그날의 3점 슛은 그 모든 시도가 만들어낸 것이었다. 코쿤에 들어갔다 나오지 않았어도 성공했을 슛이었다. 채리도 알아야 했다. 이럴 때 필요한 한 마디가 있었다.

"농구 한판 할까?"

그러자 채리가 나를 물끄러미 보다가 대답했다.

"아니⋯⋯."

내가 잘못 들은 건가? 우리 사이에 그런 대답이 오간 적은 없었다. 어떻게 반응해야 할지 몰라 멍해 있는데 채리가 모깃소리로 말했다.

"그네 타고 싶어."

"그네⋯⋯?"

초등학교 입학 전까지 나는 엎드려서 그네를 탔다. 하늘을 나는 것 같아서 좋았다. 그네에 배를 깔고 그넷줄이 바짝 꼬일 때까지 맴돈 다음 발을 떼면 팽이처럼 도는 것도 좋았다. 하지만 엄마는 앉아서 탈 줄 알아야 한다고 성화였다. 다리 뻗고! 몸은 뒤로 젖히고! 내려올 땐 반대랬잖아! 엄마의 한마디 한마디가 야단 같고 무서웠다. 나중에는 그네까지 싫어졌다. 그런 내게 그네 타는 즐거움을 가르쳐 준 게 채리였다.

2학년 때 같은 반이 된 채리는 정말로 그네를 신나게 탔다. 그 모습을 지켜볼 때면 저러다가 완전히 한 바퀴를 돌아 버릴까 봐 겁이 날 정도였다. 그네가 싫다는 내 말에 채리는 어느 날 빈 운동장에서 나더러 그네에 가만히 앉아 있기만 하라고 했다.

그리고 내 등을 밀기 시작했다. 채리가 점점 세게 밀고 있다는 건 시간이 조금 지난 뒤에 알았다. 그네가 조금씩 높이 올랐다. 나중에는 채리가 끙 소리가 나올 만큼 힘껏 밀었고 나는 마침내 한 번도 도달한 적 없는 높이에 닿았다. 그 순간 눈을 질끈 감으며 나도 모르게 무릎을 접자 그네가 아래로 뚝 떨어졌다. 그리고 뒤로 날아오른 그네가 정점에 닿자 내 몸이 저 혼자 누우며 두 다리가 앞으로 죽 뻗었다. 나는 채리가 밀어 주었을 때보다 더 높이 솟아올랐다.

나를 지켜보던 채리가 옆의 그네에 앉았다. 그리고 금세 나만큼 높이 따라왔다. 쌍둥이 시계추처럼 나란히 오르내리던 우리 둘은 조금씩 어긋나더니 완전히 엇박자로 움직였다. 그러다가는 또다시 나란해졌다. 가슴이 터지도록 신이 났다. 나란히 오르내릴 때도, 엇갈려 오르내릴 때도.

정확히 언제부터 그네를 안 탔는지는 모르겠다. 누가 만들었는지 몰라도 아래 학년이 요구하면 무조건 비켜 줘야 한다는 규칙 때문에 억울해하면서 조금씩 그네와 멀어졌다. 우리가 농구에 빠져든 무렵이기도 했다.

그동안 그네는 많이 낡고 칠도 벗겨져 있었다. 껑충한 채리가 그네에 앉아 있는 것만도 어색해 보였는데 땅에 질질 끌리는 긴 다리로 뒷걸음질치며 그네를 움직여 보려는 모습은 더없이 우스꽝스러웠다.

"에이, 안 되겠다."

채리가 그네에서 일어서며 말했다.

"다시 앉아 봐."

내가 말했다.

"응?"

"앉아서 다리 뻗고 가만있어 보라고."

그러자 채리가 다시 엉거주춤 그네에 앉았다. 채리의 입가에 살며시 웃음이 번지고 있었다. 나는 채리의 뒤에서 어깨를 밀기 시작했다. 끄응. 시작부터 신음이 나왔다. 크고 무거운 채리를 미는 건 쉽지 않았지만 그네가 움직이는 폭이 늘자 그 리듬에 맞춰 조금씩 힘을 더할 수 있었다. 채리가 점점 높이 올랐다가 높이 돌아왔고, 그때마다 채리를 미는 내 손은 채리의 어깨에서 등, 등에서 허리, 허리에서 엉덩이로 내려왔다. 그리고 마지막으로 두 팔을 뻗어 그네를 붙들고는 끙 소리와 함께 힘껏 내리꽂았다. 그넷줄을 꼭 쥔 채 눕다시피 한 채리가 포물선을 그리며 날아올랐다. 채리의 키보다 몇 배는 긴 아침 그림자가 운동장 끝을 향해 달려갔다.

나도 얼른 옆에 있는 그네에 올라앉았다. 채리의 그림자가
돌아오기 전에. 아이들이 몰려오기 전에.

자란다는 건 허물을 벗는 일 같기도 하다. 매미가 벗은 허물을 주워 모았던 때처럼 내가 벗어 버린 허물들을 주워 모으는 상상을 하곤 한다. 커 버린 몸집과 함께할 수 없어 빠져나와야 했던 그 허물 중에는 하찮은 것에 마음을 다하던 내 모습을 한 것도 있을 테고, 그걸 가만히 집어 들고 햇빛에 비추면 반짝일 것도 같다. 종이로 접은 반지는 빛나지 않지만 그걸 접고, 건네고, 간직하는 마음만은 반짝였던 것처럼.

2 / 오즈에서의 14일

오정연

DAY 1_

총 비행 시간 여덟 시간, 갈아탄 비행기가 모두 두 대, 집을 떠난 지 열여섯 시간 만이었어. 생각해 봐. 사람들 대부분이 태어난 나라 밖으로 한 번도 나가 본 적 없이 살았잖아. 그런데 국경을 벗어난 것은 물론, 적도를 출발해서 북반구 깊숙한 곳에 도착한 거야. 누워 있던 하늘이 벌떡 일어섰지. 우리 반 친구들도 내가 비행기를 탄다는 소식에 개인 메시지를 보내면서 호들갑이었다니까! 그 근엄한 애들이!

"비행기 안에서 화장실 절대 가면 안 되니까 이틀 전부터 물 금지!", "하늘에서 찍은 사진 한 장만 부탁해도 될까.", "계절이 있는 곳으로 가는 건 어떤 기분이야?"

어설픈 충고, 의외의 부탁, 수줍은 진심까지…… 우리 모두 알고 있었던 것 거지. 그렇게 떠나면 다시 돌아오지 않는다는 걸. 정말 그랬어. 출국 심사대 네 개, 입국 심사대 여섯 개 마다 큼지막하게 쓰여 있었어. 포인트 오브 노 리턴, 혹은 귀환 불가. 비장했지. 너도 그랬을까.

마지막 입국 심사대에서 아빠랑 동생 지우랑 나를 세워 둔 채 심사관이 엄마에게 전화를 걸어서 말하는 거야.

"선우민아 씨? 유지훈 씨 외 2인을 싱가포르에서 대한민국으로 수입하시려는 게 맞습니까?"

그때 처음 알았어. 사람한테도 '수입'이라는 말을 쓸 수 있구나. 아빠도 당황한 것 같았어. 바이러스를 옮기지 않는 물건들만이 종횡무진 지구를 누비는 시절, 국경을 넘기 위해선 인간도 짐짝이 되는 게 당연했던 걸까?

마지막 심사대를 빠져나오자 주변 어른들이 모두 뛰듯이 걷기 시작했어. 덩달아 나도 지우 손을 잡고는 종종걸음으로 아빠를 따라 검사대에 도착했지.

여섯 살이었던 지우는 아빠와 함께, 나는 혼자서 순서를 기다려 검체를 채취했어.

"스왑 테스트는 처음이니?"

보호 장비로 온몸을 동여매다시피 한 검사관이 친절하게 묻는가 싶더니, 대답을 듣지도 않고 말을 잇더라.

"수영할 때 코로 물이 조금 들어간 거랑 비슷한 느낌이야. 아니면, 잘못해서 겨자나 와사비를 엄청 많이 먹었을 때."

그러고는 푹. 내 나이가 몇인데 처음일 리가 있냐는 말은 덧붙일 틈도 없었지.

지우가 그보다 더 어려서 처음으로 검사를 받았을 때 이렇게 말한 적이 있어.

"바늘을 콧구멍에서 똥구멍까지 찔렀어!"

가늘고 긴 면봉을 콧속 깊숙이 밀어 넣는데 똥구멍까진 몰라도, 뇌를 찌르는 건 아닌지 걱정되더라. 여섯 살이나 어린 동생 앞에서 울음을 터뜨릴 순 없으니 꾹 참아야 했지만, 자주 있는 일이라고 무섭지 않은 건 아니잖아.

촘촘히 연결된 인간 사회에 바이러스가 가장 큰 위협으로 떠오른 건 2020년이라지? 이후에도 빽빽한 방역 시스템을 뚫는 대유행이 몇 년에 한 번씩 지구를 덮쳤고. 내가 기억하는 것만도 1학년의 이르스, 4학년의 코비드56, 그리고 일 년 만에 닥친 산스(SANS)까지 세 번째였어. SANS는 중증급성신경계증후군의 다른 말이라는 것도 알아. 처음엔 발열과 무력감이 유일한 증상인데 점차 스트레스와 우울증 수치가 증가하고 통제력이 떨어져서 전혀 다른 사람이 된대. 원래 뇌수막염은 침이나 타액의 직접 접촉으로만 전염됐는데 호흡기로도 전염되는 변이가 일어났대. 그게 뇌의 특정 부분을 집중적으로 공략하는 게 문제라나.

어릴 적에 가족을 따라 싱가포르로 삶의 터전을 옮긴 엄마 아빠는 그 이후 엄격해진 방역 때문에 한 번도 한국에 와 본 적이 없으셨대. 몇십 년이 흐른 뒤 바이러스 전문가인 엄마가 다시 한국에 취업해서 선발대로 떠났어. 그리고 아빠가 반년 만에 우리를 데리고 엄마를 따라온 거야. 아빠는 어느 나라에서 일하는지 중요하지 않은 게임 개발자거든.

어느 날 갑자기 계절이 있는 곳으로 간다고 했을 때, 근데 그게 한국이라는 말을 듣고 꽤 신이 났어. 대체 왜 해야 하는지도 모르면서 공부했던 한글이며 한국어를 써먹을 수 있고, 좋아하는 케이팝 아이돌과 가까워지는 기분도 들고, 중국어 공부는 안 해도 될 테니까. 싱가포르보다 넓은 곳으로, 먼 곳으로 가 본다는 게 가장 맘에 들었어. 멀리 간다는 것이 무슨 뜻인지, 멀리 가기 위해 무얼 겪어야 하는지, 그렇게 멀고 넓은 곳으로 가도 달라지는 건 별로 없다는 걸 그땐 몰랐어.

검사 결과를 기다리기 위해 대기실로 이동했어. 비행기 격납고처럼 널찍한 곳에 개인 테이블이며 의자가 사방 2미터 간격을 유지하며 놓여 있더라. 너도 알겠지만, 그곳은 비행기 안과 다를 바가 없었어. 마스크도 벗을 수 없고, 화장실을 가려면 안내요원에게 허락을 받아야 하고, 주변 사람과 오래 떠들어도 경고를 받고 말이지.

처음엔 당시 지우가 한창 빠져 있던 『오즈의 마법사』를 읽어 줬어. 조금만 목소리가 커져도 감시카메라의 시선이 느껴지더라. 헛기침 한 번, 코 한 번 훌쩍임에도 옆자리 어른들이 눈총을 보냈어. "토토, 여긴 더 이상 캔자스가 아닌 것 같아." 도로시가 중얼거리는 부분을 읽는데 어쩐지 눈물이 날 것 같았던 기억이나. 결국 아빠가 지우에게 태블릿을 쥐여 줬지.

우리 셋은 모두 음성 판정을 받고 여덟 시간 만에 대기실을 빠져나왔어. 줄지어 서 있던 호송 버스들이, 근처 격리 시설 중한 곳으로 우릴 날라 주었지. 지우는 차를 타자마자 잠들었고, 아빠와 나는 격리소 가족실에 짐을 내려놓자마자 침대에 쓰러졌어. 옆에서 지우가 불렀던 것 같아.

"누나……."

비몽사몽간에 대답했을 거야.

"응, 이제 괜찮아. 거의 다 왔어."

잠에 빠져들면서도 미안한 생각이 들었어. 거짓말이라는 걸 알고 있었으니까. 좁은 방에서 우리 셋이 14일을 보내야 했고, 바깥세상에 대해서 우리가 아는 건 아무것도 없었어. 노란 벽돌길을 가르쳐 주는 친절한 마녀 역시 어디에도 없었지. 너의 첫날밤은 어땠니?

DAY2_

격리실에는 두꺼운 암막 커튼이 있었지. 해가 지면 커튼을 치고 정해진 시간 전에는 걷으면 안 된다는 규칙도. 근데 커튼을 걷는 시간은 아침 배달 직후였어. 그러니까 아침 식사 배달을 알리는 노크 소리가 들리기 전까진, 새벽인지 아침인지도 짐작할 수가 없는 거야. 일 년 내내 7시에 하늘이 밝는 싱가포르였다면 아무리 두꺼운 커튼이어도 그쯤이면 빛이 새어 들어왔겠지만 인천은 그렇지가 않잖아.

그땐 그렇게 해가 늦게 뜬다는 것도 신기했어. 쌀쌀한 날씨만큼이나 낯설었지. 격리소에서의 아침 하면, 노크를 기다리며 숨죽이던 어두컴컴한 침대가 떠올라. 여기가 어딘지 내가 누군

34

지도 모를 만큼 막막한 심정이 되면 옆에 누운 지우의 숨소리에 귀를 기울였어.

엄마에게서 온 화상 통화로 두 번째 날 아침을 시작했어. 그리고 그때 알았지, 2차 유행을 시작한 산스가 또 다른 국면에 접어들었다는 걸. 부랴부랴 확인한 뉴스 화면은 굉장했어. 빨간 속보 자막, 감염자 수 현황이 표시되어 붉게 물든 세계지도와 치솟는 치사율/감염률 그래프 등이 가득했으니까. 굳은 표정의 진행자 및 전문가의 인터뷰가 계속 교차되고……. 1차 때와는 비할 수 없는 위력을 가지게 된 바이러스가 직전 이틀 사이 최악의 감염률과 치사율을 기록했다는 거야. 대부분의 국가가 전면 이동 금지령을 내렸고, 싱가포르 역시 마찬가지였어.

우리가 탄 비행기가 마지막 탈출선이었는지, 운 나쁜 침몰선이었는지 떠올려 보다가 어쩐지 무서워서 그만뒀어. 어디선가 사이렌 소리가 들려왔는데, 텔레비전 안이었는지 복도 저편이었는지, 건물 밖이었는지도 알 수 없었어. 너도 들었니?

DAY3_

다음 날 아침도 기상 알람은 엄마에게서 걸려 온 전화 벨소리였어. 텔레비전이나 인터넷 뉴스를 통해 본 바깥세상은 엄청

35

급박했어. 하지만 세상과 단절된 격리소 안은 아늑하면서 불안하잖아.

하루 종일 꽤 바쁘다는 게 참 신기하더라? 7시와 12시 반과 다시 7시에 고압적인 노크로 배달을 알리는 식사, 매 끼니 후 반드시 따라 해야 하는 단체 체조와 자가격리 어플을 사용한 컨디션 체크, 아침 식사 후에는 원격 적응 학습, 저녁 식사 직전에는 당일 쓰레기 배출, 거기에 각종 규정을 반복해서 알려 주는 안내 방송 등으로 가득한 날들. 흡연이나 고성방가 금지, 방문 열 때는 마스크 착용, 소등 시간 엄수 등 일정은 빡빡했고 규칙은 빽빽했어.

샤워할 때도 풀지 못하는 전자발찌가 너무 꽉 낀다며 아빠가 발목을 벅벅 긁기 시작한 게 그때쯤이었나. 그때마다 아빠가 "자유를 달라"고 중얼거린 덕분에 지우는 그 무렵 '자유'라는 단어를 배웠어. '자유'까지 몇 밤 자면 되냐고 하루에 다섯 번은 물어봤나 봐. 그게 무슨 뜻인지도 몰랐던 애가, 엄마를 언제 볼 수 있냐고 묻지 않고 언제 자유가 되냐고 물었다는 게 웃기지.

체온이나 혈압, 산소포화도처럼 기본적인 생체정보는 제공된 스마트워치로 자동 보고되는 것 같았어. 하지만 심리 상태는 격리 애플리케이션으로 개인이 직접 보고해야 했지. 아빠 같은

성인들은 전자발찌 말고도 의무사항이 한 가지 더 있었어. 면역 강화 알약이라나, 식후 복용하는 알약. 이번 팬데믹 직전에 개발된 신약이래. 면역 체계에 직접적으로 침투하는 나노칩이 들어 있대. 아이들은 면역 체계가 완성되지 않았기 때문에 복용할 수 없고. 그런데 그 알약이란 것이 좀 이상했어. 알약을 복용하고 나면 아빠가 부쩍 짜증이 늘었거든.

저녁 식사가 배달되기 전 삼십 분은 하루 동안 배출된 쓰레기를 복도에 내놓는 시간이지. '의학 폐기물'이라고 적힌 봉투를 핵 폐기물이라도 되는 듯 꽁꽁 봉해서 문밖에 두는 거 말이야. 원래 아빠가 하는 일이었는데 이날부터는 내가 자원했어. 방문 밖이 궁금했거든. 혹시 네가 나를 복도에서 부르고 있었던 거야? 노란 벽돌 길을 가르쳐 주려던 게 아니더라도(우리 모두 알잖아, 그런 건 없다는 걸.)…… 빨간 벽돌 길은 반드시 피해야 한다는 걸 알려 주려던 건지도 모르겠다.

온갖 쓰레기를 모아 놓고 6시 30분부터 마스크를 쓴 채 대기했어. 이틀 만에 옷 가방을 열어서 내가 가장 아끼는 긴팔 정장 원피스와 체크 구두를 챙겨 입었던 거 알아? 다른 방문이 열리는 소리에 귀 기울이다가 튀어 나갔는데 글쎄 왼쪽 옆방의 배불뚝이 아저씨였던 거야. 왠지 억울한 마음에 쓰레기봉투를 들고 이리저리 밍기적거리는데 바로 그때 오른쪽 옆방 문이 열린 거지.

보는 순간 알았어. 내 또래의 그 아이가 나의 북쪽마녀라는 걸. 쓰레기봉투를 잡고 있던 손을 천천히 들어 흔들었더니 그 아이도 웃으며 손을 흔드는 거야! 게다가 마스크를 내리고는 입모양으로 말을 걸기까지! CCTV가 있을 텐데 마스크를 내리다니 놀라 자빠질 지경이었지. 하필 그때 맞은편 방문이 열리는 소리가 들렸잖아. 정신없이 방으로 뛰어 들어왔어. 지금도 생각해. 그렇게 너를 두고 혼자 뛰어 들어오지 말걸.

방으로 돌아온 나는 심장이 튀어나올 것 같았어. 간신히 소리쳤지.

"옆방에 나만 한 남자애가 있어!"

아빠와 지우는 눈길 한번 주지 않더라. 두 사람의 매일 공부 시간이었거든. 격리소의 하루 중 제일 긴장감 넘치는 이십오 분이었지. 지우가 여섯 살이 되면서부터 아빠는 매일 한글과 숫자를 가르쳤어. 한글은 그런대로 순조롭지만 숫자는…… 1부터 50까지를 반년째 붙잡고 있었다는 것까지만 얘기할게. 분명히 며칠 전에 30 넘어 읽었던 것 같은데 다시 11을 붙들고 있었어.

아빠는 나를 쳐다보지도 않았고 지우가 나를 흘끗 보기만 했어. 두 사람은 격리소에서 하루가 다르게 침울해져 갔어.

그리고 그날 밤. 너도 알다시피 우리의 교신이 시작됐지. 아빠는 컴퓨터 앞에서 일하는 중이었고, 지우와 나는 침대였어. 지우의 숨소리를 들으며 잠들려는데…… 벽 너머에서 갑자기 소리가 들려오는 거야. 그때 나와 지우는 오른쪽 방과 맞닿은 벽에 붙은 침대를 쓰고 있었으니…… 그 남자애 방에서 나는 소리라는 생각이 퍼뜩 들었어.

똑. 또독. 또도독. 똑

처음엔 그냥 노크 소리인 줄 알았어. 그런데 가만 들으니 길이가 다른 노크 소리가 일정한 패턴을 가지고 반복되지 뭐야? 또옥. 또도옥.(쉼) 또. 도도옥. 똑.

모스 부호! 비행기 안에서 본 첩보영화에서 나 그거 봤어! 허둥지둥 종이와 연필을 찾아와서 표기해봤어. - - · (쉼) · · - · 이번엔 스마트폰을 가져와서 이불을 뒤집어쓰고 모스 부호를 검색했지.

알파벳으로는 KF인데 한글로는 ㅇ ㄴ. 안녕……? 안녕! 나도 같은 방식으로 대답을 보냈어. 영화 속 주인공이 된 것처럼 마음이 마구 두근거렸어. 잊지 못할 순간을 선물해 줘서 고마워.

DAY4_

사이렌 소리에 눈을 떴는데 짜증 섞인 낮은 목소리가 들려왔어. 아빠가 누군가와 화상 통화를 하고 있는 것 같았어. 아마 엄마였겠지. 시간을 알 도리는 없었지만 기상 시간이 가깝긴 했을 거야. 취침 시간과 기상 시간에서 멀어지면 바깥과의 교신이 아예 차단됐으니까.

너랑 모스 부호를 주고받느라 잠을 설쳤어. 그날 밤 서로에 대해 알게 된 건 이름이 전부였지만. 유선우와 정재희. 겨우 인사를 나눴을 뿐인데 아빠가 조용히 하라고 성화였어. 물어보고 싶은 게 한가득이었지만 아침까지 기다려야 했던 건 그 때문이야.

정신이 좀 드니까, 아빠의 목소리가 좀 더 분명하게 들렸어. 근데 평소 엄마와 통화할 때 아빠의 발랄한 톤이 아니고 말투도 영 심각했어. 무슨 말을 하는지는 들리지 않았지만. 옆에서 지우가 싱가포르 어린이집 꿈을 꾸는지 다급한 목소리로 잠꼬대를 하더라.

"티처…… *&($^@*@, 아이 돈 해브……."

"괜찮아, 다 괜찮을 거야. 그거 없어도 돼…… 쉬……."

낮게 중얼거리며 돌아누운 지우의 등을 토닥거리자니 복도에서 부스럭거리며 식사 배달을 준비하는 인기척이 느껴졌어. 쓰레기 당번뿐 아니라 식사 당번까지 자원해야겠다는 생각이 들더라. 그럼 너를 직접 보는 확률과 횟수가 높아질 테니까. 대화할 수 없다면, 필담을 나눠도 되니까. 벌떡 일어나서 흰 종이에 큰 글씨로 너에게 던질 질문을 적기 시작했어.

- 몇 학년이야? (난 아마 5학년)

- 오늘이 며칠째야? (난 이제 아홉 밤 남았어.)

- 누구랑 같이 있어? (난 아빠랑 남동생)

- 방에서 뭐해? (난……

DAY6_

세 끼니는 두세 가지 중 하나를 택할 수 있다지만 그것도 하루 이틀이지, 금세 지겨워지잖아. 아침은 죽 아니면 미역국, 점심은 샌드위치 아니면 국수, 저녁은 카레 아니면 비빔밥. 점심을 과일이나 채소 샐러드로 선택할 수는 있는데, 한번 먹어 보고 금방 후회했어. 먹자마자 이미 배가 고프더라고. 싱가포르에서부터 챙겨 온 군것질거리는 닷새째 되는 전날 저녁 드디어 동이 났지.

지우와 아빠의 매일 공부 시간이 돌아왔어. 내 동생 유지우는 내일 해도 되는 일은 절대로 오늘 하지 않는 어린이야. 누울 수 있을 때 함부로 앉지 않는 어린이랄까. 저녁 배급 직전까지 숫자 공부를 미루다가 더 이상 미룰 수 없을 때 아빠와 지우는 공부를 시작했어.

"오늘은 바로 앞에 오는 수와 뒤에 오는 수를 배울 거야."

"……."

"15의 바로 앞에 오는 수가 뭐지?"

"앞?"

"무슨 숫자 다음에 15가 오냐고."

멀리서 듣기에도 지우를 향해 급작스러운 졸음이 엄습한다는 걸 알 수 있었어. 이제 아빠의 목소리가 조금 커질 차례였지.

"잘 모르겠으면 1부터 한번 세어 봐. 15 앞에 뭐가 오는지."

"원, 투, 쓰리, 포……."

"한국말로."

"하나, 둘, 셋……."

"일, 이, 삼, 사로."

"1, 2, 3, 4, 5, 6, 7, 8, 9, 10, 11, 12, 13, 14, 15, 16, 17, 18……."

"멈춰야지."

"뭘?"

"뭐가 아니라 어디서냐고 물어야지이."

"어디서?"

한숨이 나왔지. 슬슬 내가 나서는 게 좋겠다는 생각을 하는데, 아빠가 갑자기 버럭 소리를 질렀어.

"어디긴 어디야, 15지!"

그렇게 큰 아빠 목소리는 나도 처음 들어 봤어. 그 격리실 안에서 우리 모두 조금씩 망가지고 있었던 걸까.

아빠가 지우를 노려봤고, 지우는 눈물을 글썽거리면서도 고개를 돌리지 않고 버텼어. 그러다 갑자기 벌떡 일어나더니 문을 열고 나가 버렸어. 너도 알잖아. 허가 없이 누구도 격리실 밖으로 5미터 이상 멀어지면 안 된다는 거. 우리 몇 번이나 들었잖아. 위치 추적 전자발찌를 차고 있는 어른은 이탈이 감지되면 이후 상황에 대해선 책임질 수 없다는 말도. 아빠가 그걸 모르지 않았을 텐데. 그냥 어린이가 밖으로 뛰어나가 버렸다고 신고해야 했는데. 하지만 지우를 잡기 위해 뛰쳐나가는 아빠의 뒷모습은 아무 생각이 없어 보였어.

멀어지는 아빠의 발소리가 이내 커다란 사이렌 소리에 뒤덮였어. 그간 들었던 사이렌 소리의 정체를 그제야 알게 된 거야.

방문을 붙잡고 복도 끝을 가늠하는데 옆방에서 네가 나왔어.

나는 도와 달라는 말이 하고 싶었어. 그런데…… 너의 슬픈 눈에 도저히 입이 떨어지지 않았어. 다 알고 있다는 듯. 어쩔 수 없다는 듯. 오즈의 마법사 같은 거 기대도 말라는 듯.

얼마나 시간이 흘렀을까. 지우가 반대쪽 복도 끝에서 나타났지. 사이렌 소리에 이어 어른 남자들의 말소리가 들려오다가 멀어졌어. 아빠의 목소리도 섞여 있었던 것 같아. 우린 일단 방 안에 들어와 문을 잠갔어.

방을 빠져나간 지우는 무작정 앞으로 달리다가 문이 열려 있는 방이 딱 하나 보여서 들어왔는데 그게 우리 방이었대.

있지, 그때 그렇게 또다시 인사도 없이 뒷모습을 보여서 미안해.

DAY8_

아빠는 돌아오지 않았어. 인터폰을 통해 아빠에 대해 물었어. 기계인지 사람인지 알 수 없는 목소리의 언니가 같은 말만 반복했어. "죄송합니다. 고객님의 요청을 알아듣지 못했습니다. 다시 말씀해 주십시오."

우리의 한국말이 어눌했기 때문이었을까? 아이들 목소리는 인식되지 않는 걸까? 혹시 너도 그랬니? 도움을 청해도 아무도 듣지 않았던 거야?

결국 우리는 포기했어. 엄마에게도 모든 걸 알렸지만, 별일 아니니 걱정 말라는 말만 하셨어. 엄마는 며칠 뒤에야 자초지종을 들려줬어. 아빠는 면역 강화 알약의 부작용으로 자제력을 잃었던 거래. 어차피 정해진 일과를 따르기만 하면 되고, 여섯 밤만 자면 모두 만날 수 있다고. 그때까지 동생이랑 잘 지내라고. 산스에 걸리지 않으려고 먹은 알약의 부작용이 산스의 증상과 비슷하고, 그래서 격리시설 안에서 또 격리되어야 한다니······ 알다가도 모를 상황이었지.

뉴스를 보니 백신이 드디어 몇 단계의 임상 실험을 마치고 상용화를 시작한다더라. 나는 너와의 교신에 하루 종일 매달렸어. 너의 엄마가 베트남 사람이라는 것, 엄마를 따라 처음으로 베트남 할머니 댁을 방문했다가 돌아오는 길이었다는 것, 원래는 엄마와 함께 나보다 사흘 먼저 입소했는데 우리가 입소한 날부터 혼자 지내는 중이라는 것도 알게 됐지. 엄마가 발열 증상을 보이자마자 방역 요원들이 바로 들이닥쳐서 끌고 가 버리는 걸 목격했다니, 혼자 얼마나 무서웠을까. 나야 어린 동생이지만 지우와 함께여서 다행이었어. 옆방엔 네가 있다는 걸 알고 있었고.

DAY9_

지우와 나는 약속이나 한 것처럼 아빠 이야기를 하지 않고 하루하루를 보냈어. 처음엔 한국어 교재만 들춰 보던 애가 어느샌가 숫자를 끄적이더라.

"1, 2, 3, 4, 5, 6, 7, 8, 9, 10, 11, 12, 13, 14, 15…… 아, 15 앞에 오는 숫자는 14구나……. 근데 누나, 우리 14일 동안 여기 있는다고 했지?"

"그랬지."

"오늘이 몇 번째야?"

나는 날짜를 확인한 뒤 손가락을 꼽으며 날짜를 세 봤어.

"오늘은 9."

"그럼 몇 밤 남은 거야?"

"10, 11, 12, 13, 14. 다섯 밤 남았네."

나는 또다시 손가락을 꼽아 보이며 대답했어.

"다섯 밤만 있으면 자유. 괜찮아……."

지우가 중얼거리는 소리를 들으면서 나는 다시 너와 모스 부호를 주고받았어. 이젠 간단한 문장은 외워서 보낼 수 있게 됐지.

그날 오후의 사이렌 소리는 좀 음산했어. 긴 꼬리를 끌며 출구 없는 복도를 이리저리 서성이는 것처럼.

밖에서 인기척이 들리고 작은 소동이 벌어지는가 싶었지만 외시경으로는 아무것도 볼 수 없었어. 뭐가 보인다 해도 안에서 할 수 있는 일은 없었지만.

그 소동이 너와 관련이 있을 것만 같다는 생각 때문에 불안을 떨칠 수가 없었어. 너는 내내 조용했어. 저녁 식사 배식 때 아무리 복도에서 시간을 끌어도 오른쪽 방문은 열리지 않았고. 인터폰을 다시 시도해 봤지만 같은 멘트만 흘러나왔어. "죄송합니다. 고객님의 요청을 알아듣지 못했습니다."

나는 밤새도록 너에게 신호를 보냈어. 괜찮냐고, 거기 있냐고.

DAY10_

"괜찮아. 모두 다 사라질 거야. 다시 돌아갈 수 있어."

지우의 잠꼬대 소리에 잠에서 깼어. 아빠가 쓰던 침대 하나가 비어 있었지만 우린 여전히 한 침대에서 함께 잠을 잤어. 그건 어쩌면 지우의 잠꼬대가 아니라 내가 잠결에 지우에게 하던 말이었는지도 몰라.

텔레비전을 틀었더니, 새로 개발 보급된 백신의 부작용에 대한 뉴스가 나왔어. 백신 부작용이야 모든 대유행의 마무리 단계의 필수 코스였지. 하지만⋯⋯ 산스 백신은 대유행 이전에 이미 개발이 끝났다고 했잖아. 구성원의 대다수가 접종해서 집단 면역을 형성해야 하는 구시대 백신과 달리 접종 순간부터 접종자를 정밀 보호하는 신기술이라며 호들갑이었다고. 그런데 왜 이렇게 늦게서야 그렇게 큰 문제가 발견된 거지?

극단적인 사회적 거리두기 끝에 백신을 접종한 이들이 극단적인 무기력증을 호소했대. 그렇게 모든 종류의 외부 자극은 물론 영양소마저 받아들이기를 거부하다가 끝내는 죽음에 이른다는 거야. 근데 그건⋯⋯ 산스의 또 다른 증상 아니야? 아빠가 부작용을 일으켰다는 면역 강화 알약이나 산스 백신 모두 이런 식이라면⋯⋯ 누군가 뭔가를 크게 잘못 생각하고 있었다는 뜻 아닐까?

꾸역꾸역 하루하루가 흘러갔어. 사이렌은 뜸해졌지만 각종 규칙을 반복 안내하는 방송은 여전했어. 식사 배달을 알리는 노크 소리만 복도를 채웠고, 나 역시 다른 방 어른들처럼 아무 옷이나 챙겨 입고 문을 열어 도시락만 가지고 잽싸게 방 안으로 돌아왔어. 어차피 거기 너는 없었으니까.

더 이상 너를 만날 수 없을 거라는 확신이 들었어. 지우는 모든 상황을 받아들이기로 결심한 아이처럼 하루 종일 정해진 일

과와 해야 할 공부를 혼자서 해 나갔어. 책을 읽어 달라며 들고 오지도 않았어.

나는 오른쪽 벽에 기대 없이 모스부호를 보내거나, 『오즈의 마법사』를 읽었어. 도로시가 뇌가 없는 허수아비에게 말하더라. 살과 피를 가지고 생각할 줄 아는 사람들은, 천국처럼 완벽하지만 낯선 오즈보다는 아무리 보잘것없어도 고향에서 살기를 원한다고. 그 모든 모험을 마치고 도로시는 결국 그리운 집으로 돌아갔잖아. 도로시의 마지막 말을 소리 내어 읽어 봤어.

"다시 집에 돌아와서 정말 기뻐요!"

아침마다 엄마가 화상 통화를 걸어 왔고, 나는 집에 돌아가고 싶었어. 기쁜 마음으로 돌아가고 싶었어. 너도 그랬겠지.

DAY14_

그렇게 마지막 날이 밝았어.

"유지우! 우리 오늘부터 이제 진짜 자유야!"

아침 도시락을 열면서 나는 애써 밝은 목소리로 동생에게 말을 걸었어. 사실 우리는 열흘째부터 날짜를 세지 않았지만. 그렇게 말하면 기분이 조금은 밝아지지 않을까 기대했던 것 같아.

"자유, 뭐야?"

빨리도 물어본다 싶었지.

"……우리 마음대로 할 수 있는 거……?"

대답하면서도 나는 자신이 없었어.

이 주 사이 해가 꽤나 짧아졌어. 커튼을 걷었지만 7시 반인데도 바깥은 그저 한밤중이었지.

아침을 먹고 정리를 시작했어. 쓰레기를 한데 모아 봉투에 넣고, 시트와 수건을 모아서 또 다른 봉투에 넣었지. 지우는 자기 장난감이니 옷가지들을 가방에 챙겼고.

출소 시간에 맞춰 우리 방을 찾아온 방역 요원들은 말 한마디 없었어. 방문을 나서려는데 지우가 내내 멈칫거리는 거야. 우리를 밀어내며 방문을 닫은 요원 한 명이 너의 방을 바라보며 다른 사람에게 말했어.

"저 방은 언제까지 비워 둘 작정이지? 벌써 일 년이 훌쩍 넘었는데."

"한창 격리 인원이 많았을 때도 비워 뒀는데 앞으로도 한동안 그러겠지."

"근데 그 말 들었어? 저 방에서 이상한 소리가 들린대."

이상하지.

그럴 리 없는 말을 들었는데, 그게 그냥 당연하게 느껴졌어.

네가 거기 없다는 걸 난 언제쯤 납득했던 걸까.

함께 입소한 사람들과 격리소 건물을 나섰어. 햇빛이, 바깥 공기가 낯설기만 했어.

정문과 가까워지면서 바로 엄마와 눈이 마주쳤어. 아빠도 그 옆에 있었지. 부작용은 엄마 말처럼 다 괜찮아진 건지, 아주 먼 곳을 바라보는 아빠가 낯설었어. 지우도 마찬가지였나 봐. 내 뒤로 슬금슬금 숨기만 하던 지우는 엄마에게도 가까워지지 않으려고 했어. 나는…… 나는 아무래도 상관없다는 마음으로 엄마 품에 안겼어. 지우가 옆에서 중얼거렸지.

"우리 지금 자유야?"

그때도 지금도 잘 모르겠어.

DAY179_

인간은 적응도 포기도 참 빠른 동물이야. 그래서 다행이고, 그래서 문제겠지. 처음엔 그 14일을 잊어버리려고 노력했어. 바깥도 안과 많이 다르지 않았고, 그렇게 그리운 집이었는데 낯설기만 했으니까. 격리소를 떠올리는 것만으로도 감시 요원들이 들이닥치는 건 아닌지 두려웠어.

그러다 갑자기 네 생각이 났어. 그래서 기사를 검색하기 시작했지. 그 방법으로 너의 흔적을 찾을 수 있겠단 믿음이 있었어.

정재희, 베트남, 그리고 우리가 묵었던 격리소 이름 등을 검색어로 넣어서 계속 거슬러 올라가다 보니 코비드56 대유행 시기의 기사가 눈에 띄었어. 베트남계 한국인 엄마와 함께 입소했던 소년의 비극. 먼저 발병한 엄마와 헤어진 뒤 혼자 남겨진 소년이 증상을 숨기고 버티다 홀로 사망했다는. 오래전 엄마와 이혼한 아버지는 끝내 이들의 시신을 찾지 않았다지. 여권 사진인 듯한 사진 속 너의 표정은 그날 복도에서 보여 준 마지막처럼 슬프고 슬펐어.

너는 내 꿈속으로 찾아왔던 거니. 그것도 아니라면 혹시 내가 네 슬픈 꿈의 일부인 걸까.

모든 종류의 바이러스에 맞설 수 있다는 슈퍼 백신이 나왔대. 결국 구시대 방식으로 돌아가서, 모두가 비슷한 시기에 접종해서 전 지구적인 집단면역을 형성해야 하는 백신이래. 전 세계가 순차적으로 접종 중이고 드디어 내일은 우리 동네 보건소 차례야. 예전에 네가 모스 부호로 했던 말이 생각나. 이다음에 크면 어떤 바이러스에도 이길 수 있는 백신을 만들고 싶다고 했던. 그때 내가 웃기지 말라고 그런 게 어떻게 가능하냐고 비

웃었던 것 미안해.

너와 같은 멋진 꿈을 꾸었던 사람 덕분에 이제 우리는 예전의 세상을 되찾게 될 거래. 그런데 웃기지 않아? 어른들도 우리랑 마찬가지로 그 세상은 경험해 본 적이 없잖아. 지난 주말에는 가족 모두 모여서 새롭게 바뀐 세상에서 하고 싶은 일에 대해서 이야기했어.

그 세상에선 아이들이 혼자 복도를 헤매거나 방에 남겨지지 않았으면 좋겠어. 무표정한 어른들이 무조건 "괜찮아."라는 말만 반복하지 말았으면 좋겠어. 무엇이든 타고서 멀리멀리 모험을 떠나는 두근거림과 기꺼이 집으로 돌아오는 다행스러움을 알고 싶어.

너는 어때? 다시 한번 나를 찾아와 줘. 새로운 세상에서 네가 하고 싶었던 일에 대해서 말해 줘. 절대로 잊지 않을게.

작가의 말

난민 가족의 어린이들이 신체적 이유 없이 모든 활동을 정지한 채 깊고 오랜 잠에 빠져 깨어나지 않는 일이 있었어요. 체념증후군이라고 하는 이 증상은 극심한 공포를 지속적으로 접한 상처 입은 마음이 택한 꿈 없는 잠이래요. 손을 잘 씻고 항상 마스크를 착용하여 코로나19의 추가 감염을 막은 어린이집이 화제가 되기도 했지요. 원인불명의 잠으로 추악한 현실을 거부하거나, 눈에 보이지도 않는 바이러스와 싸워 이기는 등 마음은 참 힘이 셉니다. 한순간에 모든 것을 끝장내는 것도, 오랜 시간 꾸준히 노력해서 큰 변화를 가져오는 것도 모두 이 마음이 하는 일이지요. 이런 세상을 만든 것이 한없이 부끄럽고, 그 부끄러움을 덜어 보고자 마음만이 시작할 수 있는 일을 이야기하고 싶었어요. 누군가는 그것을 꿈이라고도 부르더군요.

솔직히 말해 그 순간, 차라리 지구가 멸망하는 게 낫겠다고 생각했다.

살살 아랫배가 아파서 침대에 웅크리고 있다가 등 뒤에서 들리는 소리에 문득 고개를 든 것뿐인데, 대체 왜 내 배추벌레 관찰 상자에서 작은 배추흰나비가 아니라, 키가 나만 한 나비 괴물이 기어나오는 건데?

난 그저 과학 경진 대회에 내기 위해, '배추흰나비의 한살이'라는 주제로 동영상을 만들려고 했던 것뿐이다. 인터넷 쇼핑몰에서 배추흰나비 애벌레를 사다가 키우면 간단했지만, 이왕이면 처음부터 내 손으로 해야 의미가 있을 것 같아 학교 근처 체육공원 배추밭을 샅샅이 뒤져 오동통한 배추흰나비 애벌레를 채집해다가 정성껏 기른 것뿐인데. 내가 키우던 배추벌레가 고치를 지어 만든 번데기를 찢고 꼬물꼬물 나온 게 저런 괴물이라니. 대체 이게 무슨 일이야.

일단은 도망치는 게 먼저였다. 나는 소리 죽여 침대에서 내려왔다. 살금살금 뒷걸음질을 치다가 어제 대충 벗어 던져 놓은 체육복을 밟고 미끄러질 뻔했지만, 입에서 '히이익' 하는 흔한 비명조차 나오지 않았다.

초등학교 정도는 이미 졸업했으니 나름 산전수전 다 겪었다고 생각했건만. 지금까지 살면서 이런 절체절명의 위기는 없었다.

'엄마야……'

엄마 생각이 났다. 하지만 엄마 얼굴을 떠올리자마자, 머릿속에 엄마 목소리가 메아리쳤다.

– 엄마가 그래서 인터넷에서 사라고 했지? 엄마 말 죽어라고 안 듣더니!

안 들어도 뻔하지. 엄마 얼굴을 떠올리자 마음이 조금 가라앉았다. 나비 괴물이 나왔다고 울며 달려가면, 엄마는 지난번 바퀴벌레를 보고 비명을 지르던 나를 한심하게 바라보던 바로 그 표정으로 나를 쳐다볼 게 틀림없다. 게다가 내가 애지중지 키우던 배추벌레에 대해서도, 과학반 활동에 대해서도 한참 뭐라고 잔소리를 하시겠지. 그 생각을 하니 힘이 좀 났다.

'그래, 저게 좀 커 봤자 그냥 나방 비슷한 건데.'

몸이 덜덜 떨렸지만, 나는 마음을 굳게 먹기로 했다. 나는 주방 옆에 둔 에프킬라를 조용히 집어 들었다. 그런데 내 방을 쳐다보자마자, 괴물이 나를 향해 고개를 돌렸다.

"히익!"

배구공을 반으로 쪼개서 양쪽으로 붙인 것 같은 역삼각형 얼굴에, 이마에는 긴 더듬이가 쫑긋거리고, 턱 아래로는 튜브 같은 주둥이가 돌돌 말려 있는 얼굴이 나를 쳐다보았다. 괴물은 나를 흘끔 바라보다가, 배추흰나비가 도망가지 못하도록 화분을 감싸 놓은 방충망을 북 잡아 뜯어 입에 넣고 오물오물 씹기 시작했다.

사람이 너무 놀라면 몸이 굳어 버린다더니, 나는 꼼짝도 못한 채 서서 머릿속으로 수많은 생각을 했다. 일단 들키긴 했지만, 이대로 방충망까지 뜯어 먹을 만큼 굶주린 괴물에게 잡아먹힐 수는 없었다. 배추라도 갖다줘야 하나? 아직 애벌레였던 오늘 아침까지만 해도, 저 작은 몸으로 어떻게 저 많은 배추를 다

먹나 싶을 만큼 열심히 갉아 댔으니까, 몸집이 커졌다고 해서 배추를 싫어하진 않을 것이다. 물론 저 괴물 나비가 내 과학 경진 대회 관찰 일기용 배추흰나비를 홀랑 먹어 버리고, 이제 나까지 잡아먹으려고 기다리고 있었다면 배추고 뭐고 다 소용없는 일이겠지만.

그때 괴물의 더듬이가 움직였다.

"괜찮으냐."

잠깐. 지금 얘가 말을 하잖아.

괴물은 더듬이를 이리저리 까딱거리다가, 쭉 뻗어 한쪽 끝을 내 이마에 꾹 하고 눌렀다.

"지구인의 평균 체온과 비교해서 특별히 이상 체온이 나타나는 건 아닌데."

"히익."

"피 냄새가 나는군. 어디 다친 거냐."

"너…… 너 누구야."

나는 말이 제대로 나오지 않아 입만 달싹거리다가 겨우 말했다. 그러자 괴물은 나를 침대에 앉히고, 관찰하듯이 예의 더듬이를 이리저리 까딱거렸다. 입은 보이지 않는데, 용케 목소리가 들려왔다.

"일단 앉거라. 얼굴이 창백하구나. 어디 상처를 입은 거냐."

"아, 그…… 게 아니라……."

"나는 사라파 대왕의 후계자인 캣사라다. 내가 친히 내 어각을 들어 네가 무사한지 살펴 주었으니, 너는 마땅히 내게 경의를 표해야 할 것이나, 부상을 입은 자에게 예를 갖추라 하기는 미안하군."

"사라파? 대왕? 어각? 그게 다 뭔데?"

"너희 지구인들도 공주를 보면 예를 갖추지 않느냐? 너는 정말 기본적인 예의가 없는 지구인이로구나."

그러니까 지금 이 거대 나비 괴물이, 공주라고?

그런 데다 말끝마다 지구인, 지구인 하는 것이 어쩐지 수상하다.

"설마 너…… 외계인이야?"

"여기 지구에서 빛의 속도로 8.6년 떨어진 행성계가 있다. 내 고향인 밀라바사는 그곳에 있지. 우리는 여러 행성에 후계자의 알을 보내고, 그중에서 살아서 돌아오는 공주들이 후계자가 된다."

게다가 외계의 공주라니. 더욱 수상했다.

"장차 대왕의 후계자가 될지도 모르는 알을, 동네 뒷산 체육공원 화단에다가 두고 간다고?"

"후계자는 강하게 키워야 하니까."

강하게 키울 것 같으면 어디 사하라 사막이나 마리아나 해구에 내다 버리란 말이야. 우리 동네 체육공원은 외계인이 자라기에는 너무나…….

나는 우리 동네 체육공원 구석에서 카악 침을 뱉으며 담배를 피우는 아저씨들이나, 낮부터 술을 마시는 할아버지들, 화단 구석에 자기 텃밭인 양 울타리를 쳐 놓고 상추나 배추를 키우는 할머니들을 떠올렸다. 명색이 외계의 공주님이 자라는 환경치고는 영 상태가 좋지 않았다. 물론 할머니들은 농약도 치지 않고 백 퍼센트 유기농으로 그 채소들을 키우시긴 했지만.

"……유기농 배추이기만 하면 아무 데나 상관없었던 거야?"

"어디로 떨어질지는 모른다. 그냥 우주 멀리 날아가도록 뿌리는 거니까."

"그러다가 후계자를 잃어버리면 어쩌려고!"

"괜찮아, 우리는 하나이자 여럿이고 여럿이자 하나다."

"그게 무슨 소리야."

"밀라바사의 대왕은 우주와 이 세계가 작동하는 방식을 더 많이 알아야 하는 존재다. 그래서 공주 시절, 자신이 깨어난 행성에서 몇 번이나 허물을 벗으며 세계를 관찰하지. 충분히 자라고 준비가 되면 지금처럼 어른이 되어서, 자기가 머물렀던 공간을 찢어서 먹어 치운다."

캣사라는 아직 남은 방충망을 한 조각 더 뜯어 입에 밀어넣었다. 잠깐, 자기가 머물렀던 공간을 찢어서 먹는다면 우리 집도 찢어 먹을 수 있다는 걸까? 아니면 이 지구를 통째로 먹는다거나? 그러면 안 되는데. 정말 큰일이었다.

"그러니까 배추는 더 가져오지 않아도 된다, 지구인이여. 내 간식은 내가 알아서 찾아 먹으마"

배추 줄 사람은 생각도 않는데 김칫국부터 마시는 외계인이었다.

"넌 거기 누워서 좀 더 쉬어라. 잘은 모르지만 많이 아픈 것 같구나."

나는 캣사라의 말대로 침대에 누워, 얇은 홑이불을 끌어 덮었다. 캣사라는 내 방 구석구석을 열심히 살피더니, 거실과 주방까지 기웃거리고 있었다. 다리가 두 개에 팔이 네 개, 여기에 아직은 젖어서 축축 늘어지는 반투명한 날개까지 달린 몸으로 집 여기저기를 휩쓸고 다니는 것이 재미있기도 하고, 무섭기도 했다.

그나저나 엄마가 이 상황을 아시면 뭐라고 하실까.

- 인터넷에서 사면 배추랑 망이랑 싱싱한 애벌레까지 세트로 온다고 그랬는데. 다 큰 애가 엄마 말은 귓등으로도 안 듣고 어디서 잡아온다고 까불더니, 배추벌레가 아니라 어디서 저런 날벌레 외계인을 잡아 와?

잠시 내 책들을 이리저리 살펴보던 캣사라는, 급기야 컴퓨터 앞에 앉아 의자에 날개를 걸쳐 놓고 인터넷을 검색하기 시작했다. 캣사라는 사람으로 치면 갈비뼈쯤에 붙은 두 팔로 키보드를 치고, 어깨에 붙은 왼팔로는 조금 전 냉장고에서 꺼내온 간식을 집어 먹으면서 오른쪽 팔로는 마우스를 움직이고 있었다. 한마디로 컴퓨터 앞에서 빈둥거리기에 최적화된 몸이었다.

"저기, 공주마마."

"그대에게 친구로서 나의 이름을 부를 특권을 내리마."

캣사라는 내 쪽은 쳐다보지도 않고, 유튜브에서 며칠 전 내가 열심히 보던 아이돌 뮤직비디오를 클릭해 보며 대답했다. 정말 적응이 빠른 외계인이었다.

"친구라고?"

"나의 몸은 어린 시절이나 지금이나 완벽하다만, 어른이 되기 위한 우화 과정이 일어나는 동안에는 한없이 약한 상태가 되지. 그대는 그런 나를 구해 주고, 먹이를 구해다 주고, 쾌적한 환경에서 쉬게 해 주지 않았느냐."

꿈보다는 해몽인 것 같지만, 적어도 나를 잡아먹진 않겠다는 말로 들렸다.

그나저나 과학 경진 대회는 이제 어떻게 하지.

분명히 체육공원 구석의, 동네 할머니들이 꽃을 뽑아 버리고 만들어 놓으신 불법 배추밭에서 저 녀석을 포획할 때만 해도, 녀석은 인터넷에서 찾아본 모양 그대로의 배추흰나비 애벌레였다. 데려왔더니 빈둥거리며 며칠 배춧잎을 뜯어 먹다가, 교과서에 실린 사진과 똑같은 모양으로 번데기를 만들었는데. 당연히 이 번데기에서 나비가 나올 거라고 생각하지, 사람 말을 할 줄 아는 데다 키가 나만 한 외계인이 나올 거라고 누가 상상이나 하겠어.

"저기, 캣사라."

나는 며칠 전, 엄마가 작년까지 쓰던 스마트폰을 빌렸다. 배추흰나비가 번데기에서 나오는 순간을 관찰하기 위해, 관찰 상자 바로 옆에다가 하루 종일 스마트폰을 설치하고, 저속 촬영으로 관찰 상자를 하루 종일 찍고 있었다. 그 스마트폰에는 지금 어떤 모습이 찍혀 있을까. '배추흰나비의 한살이'는 못 찍었지만, 대신 '외계인 탄생' 정도는 찍혀 있지 않을까. 아니, 그런 것을 과학 경진 대회에 발표할 수는 없다. 그랬다간 거짓말쟁이라고, 제법 정교하게 잘 만든 가짜 영상이라고 다들 말할 테니까.

어떡하지.

증거 자료로 캣사라를 데리고 인터넷에서 라이브 방송이라도 해야 하는 걸까.

"솔직히 말하면 나는, 너를 구한 게 아니야."

"겸손한 지구인이로구나."

"아니, 그게 정말로…… 나는, 사실은 과학 경진 대회를 준비하던 거였어. 그런데 이젠 어떻게 해야 하나 모르겠어."

내가 어떤 것을 발표하려 했는지 설명하자, 캣사라는 더듬이를 이리저리 까딱거렸다.

"그러면 정말로, 내가 알에서 깨어나는 걸 발표하면 되지 않느냐."

"하지만…… 그러면 누가 널 잡으러 오지 않을까?"

"누가 감히 나를 잡는다고."

"NASA라든가, FBI라든가, 국정원이라든가……."

나는 손가락을 꼽으며 대답했다. 그러다가 어쩐지 바보가 된

듯한 기분이 들어, 침대에 벌렁 드러누웠다.

"왜, 미국의 공군 기지나 러시아나 그런 데서는 외계인을 해부하기도 했다잖아. 널 데려가서 그렇게 해부하면…… 아, 잠깐. 공주가 그렇게 끌려가서 해부되면 너희 별에서 지구를 멸망시키는 거 아니야? 정말 어떡해, 이걸."

"걱정해 주는 거냐?"

"지구 걱정을 하는 건데…… 아니, 네 걱정을 안 하는 건 아니고."

나는 울고 싶었다. 갑자기 하나부터 열까지 전부 엉망이 되어 버린 것 같았다. 그때 캣사라가 의자에서 일어나더니, 내 침대 곁으로 다가와 내 얼굴을 들여다보았다.

"아까부터 계속 아픈 것 같더니, 지금은 정말 많이 아파 보이는구나."

"그래, 배도 아프고 머리도 아프고 마음은 복잡하고 그래. 아, 정말. 엄마 말을 들을걸 그랬어. 엄마가 그냥 인터넷으로 애벌레 세트를 주문하라고 신신당부했었는데."

"애벌레를 판다고?"

"그래. 배추 화분이랑 세트로 해서 팔아. 상자에 방충망까지 씌워서 말야. 엄마가 그 공원은 외진 데 있어서 안 된다고, 다 큰 여자애는 그런 데 가면 위험하다고 안 된댔거든.”

캣사라는 의아한 표정으로 나를 바라보았다. 나는 아무래도 말실수를 한 것 같다는 생각이 들었다. 설마, 자기와 비슷하게 생긴, 한참 작은 생물들을 그렇게 인터넷으로 사고판다는 것에 분노해서 지구를 날려 버리는 건 아니겠지. 나는 고개를 숙이며 말했다.

“미안, 네가 생각하기에는 정말 나쁜 일이지? 배추흰나비 애벌레를 사고파는 것 말야. 혹시 화났으면 내가 대신 사과할게.”

“그것도 이상한 풍습이구나. 그런데 말이다.”

캣사라의 더듬이가 내 이마에 닿았다. 캣사라는 그 상태로 머리를 주억거리며 나를 이리저리 뜯어보는 듯했다.

“아무리 봐도 너는 다 자란 여성은 아닌 것처럼 보이는구나. 다 자랐다는 건 얼마만큼 커진 상태를 이야기하는 거냐.”

“아니, 그게…… 키가 문제가 아니라…….”

나는 어깨를 움츠렸다. 나는 벌써 중학생이 되었고, 다 컸다. 하지만 이제 겨우 중학교 1학년일 뿐이었다. 사람들은 이제 다 컸다고, 어른이라고, 그러니 어른스럽게 행동하라고 말했지만, 나와 내 친구들은 아직 아무것도 결정할 수 없고, 아무것도 책임질 수 없는 나이, 심지어는 범죄를 저질러도 전과가 남지 않는 나이이기도 했다.

"다 자란 여성에게 위험하다면, 너처럼 다 자라지 않은 여성은 가도 되는 게 아니냐."

"아니, 아이들은 더 위험하지. 아이들은 엄마나 아빠랑 같이 가야지. 혼자 가면 안 돼."

"얼마나 자랐느냐가 아니라, 여성인 게 문제인 건가?"

하지만 그럼에도, 어떤 것들은 좀 더 갑갑하게 목을 죄어 왔다. 나는 울고 싶은 마음으로 고개를 끄덕였다.

"남자애들 보고는 아직도 어린애라서 철도 안 들었다고 하면서, 여자애들보고는 이제 다 컸으니 조심하라고 그래. 행동이든, 몸가짐이든, 뭐든지 간에."

시작은 브래지어였다. 4학년 2학기 무렵부터, 브래지어를 입은 친구는 입었다고, 입지 않은 친구는 아직 어린애라고 놀림감이 되었다.

생리도 문제였다. 기분은 나쁘고, 배는 아프고, 어른들은 갑자기 이제 다 컸다, 어른이다, 그렇게 말은 하는데, 어른 취급은 고사하고 할 수 없는 일만 잔뜩 늘어났다. 답답하고 불편하고 오늘처럼 배가 살살 아픈데, 익숙하지 않은 생리대는 잘 새기까지 해서 잠잘 때에도 늘 긴장해야 했다.

학교 근처에 알몸에 얇은 코트만 걸친 남자가 나타나 우리를 놀라게 하는 것도, 누군가가 학원 건물 여자 화장실에 카메라를 설치하는 것도, 우리 책임은 아니었다. 하지만 그런 일이 있을 때 마다 우리는 귀에 못이 박히도록 같은 말을 들어야 했다. 너희는 다 컸으니 몸가짐을 조심하라고, 이젠 어른이라고. 무엇 하나 우리가 선택해서 할 수 있는 일도 없고, 우리를 불안하게 만드는 놈들에게 한 방 먹여 줄 방법도 없는데, 어른이라는 말은 그저 족쇄처럼 느껴졌다. 입으면 숨이 턱턱 막히는 브래지어처럼, 우리를 가둬 둔 단단한 번데기 같았다.

그런 지구 아이의 마음을 캣사라는 이해할 수 있을까? 공주가 한 행성을 다스리는 대왕의 후계자가 되고, 후계자의 알은 태어나기도 전에 머나먼 우주 여기저기로 보내지는, 그런 세계에서 온 외계인이?

나는 뭔가 말하려 했다. 하지만 무슨 말을 해야 할지조차 생각나지 않았다. 그때 캣사라가, 좁은 내 방에서 천천히 젖은 날개를 들어 올렸다. 펼쳐진 날개에는, 지금까지 상상도 해 본 적 없었던 아름다운 무늬가 아로새겨져 있었다.

"나를 구해 준 지구인이여, 네 생각은 틀린 것 같구나."

"어디부터 어디까지가……?"

"……."

"설마 전부 다?"

대답 대신, 캣사라는 접시에 남아 있던 마지막 간식 한 조각을 입에 밀어 넣었다. 그리고 네 개의 팔을 뻗어 내 어깨를 끌어안았다.

"잡아먹으려는 건 아니니, 걱정 마라."

캣사라는 나를 향해 웃으며 말했다.

아니, 분명히 웃고 있다고 생각했다. 커다랗고 반들거리는 겹눈으로 뒤덮여, 그 표정을 읽을 수 없는 얼굴이었지만.

"너는 아직 성체가 아니야."

"다, 당연하지! 난 이제 겨우 중학교 1학년이라고!"

"그래, 너는 지금 아직 번데기 속에 갇혀 있는 것 같구나. 너는 할 수 없다, 너는 갈 수 없다, 그렇게 생각하는 것 말이다."

"하지만…… 그건……."

"물론 지금의 네게는 그런 보호가 필요하겠지. 하지만 성체가 된 다음에도 그 번데기 속에서 깨어나지 못하는 이들이 있단다. 다들 안 된다고 말했으니까, 하지 말라고 말했으니까, 그냥 그 자리에 얌전히 머무르며 그다음 단계로 나아가지 못하는 것 말이다."

캣사라가 내 침대에 나란히 앉았다. 나비의 날개는 아까처럼 축 늘어져 있지만은 않았다. 아직 파닥거리며 날아오르기에는 부족했지만, 조금씩 날개의 맥마다 힘이 들어가 날개가 펼쳐지려 하고 있었다.

"번데기 속에서 무슨 일이 일어나는지 아느냐. 일단 단단한 외피로 약한 애벌레의 몸을 다 감싸고 나면, 그 안에서 애벌레의 몸은 거의 다 녹아 버린다. 그리고 그 녹아 버린 몸이 다시 조합되며 새로운 몸이 만들어지지."

"⋯⋯아프지 않아?"

"아프다."

"그런데 어떻게⋯⋯."

"변하지 않으면 언제까지나 머무를 수밖에 없단다. 날개를 가지기 위해 고통을 감내하기를 두려워한다면, 언제까지나 번데기 안에 머무를 수밖에 없단다."

캣사라의 커다랗고 반들거리는 눈동자가 내 뺨에 닿았다. 여섯 개의 팔다리 중 네 개가 나를 끌어안았다. 하지만 공격하려는 게 아니다. 잡아먹으려는 것도 아니다. 나는 숨을 참은 채 캣사라가 뭐든 말을 하기를 기다렸다. 그리고 캣사라가 내게 속삭였다.

"물론 아직 어릴 때는 좀 더 보호를 받아야 하겠지. 하지만 언제까지나 그 밖을 두려워하진 말려무나. 성체가 된 뒤에는, 너를 둘러싼 고치를 찢고 나온 뒤에는, 너는 어디에든 갈 수 있고 어떤 꿈이든 꿀 수 있단다."

그건 위험한 생각 같았다. 달도, 저 깊은 바닷속도, 끝없는 사막도, 남극점도, 그곳에 도달한 사람은 있지만, 보통 사람은 감히 갈 수 없는 곳이니까.

하지만 그런 생각이 들었다. 위험한 것과, 처음부터 포기하는 것은 다른 이야기라고. 남자아이들은 초등학생 때부터 가서 놀던 동네 체육공원이, 여자아이들에게는 나이가 들어도 계속 위험한 곳인 게 당연하다면, 그건 뭔가 잘못된 일일 거라고.

"누구나 자기 종족이 갈 수 있는 세상의 끝까지 갈 수 있어. 자기 종족이 갈 수 있다고 믿는 그 한계를 넘어, 한 걸음 나아갈 수도 있단다. 위험하다는 그 공원이든, 우주 저편이든. 어쩌면 너는 가장 멀리 가는 지구인이 될 수도 있을 거다, 어린 지구인이여."

"정말로 그렇게 생각해?"

"물론이다."

캣사라가 고개를 끄덕였다. 그러다가 캣사라가 고개를 갸웃거렸다. 캣사라의 더듬이가, 안테나처럼 높이 쫑긋 솟아올랐다. 그러더니 캣사라가 나를 끌어안은 팔을 풀었다.

"언젠가 너를 다시 만날 수 있으면 좋겠구나. 이제 돌아갈 시간이란다."

나는 조금 당황해서 캣사라를 바라보았다. 캣사라는 자리에서 일어났다. 그의 등에 매달려 있던 축 늘어진 나비의 날개는, 어느새 크게 펼쳐져 찬란하게 반짝거리고 있었다.

"너와 좀 더 이야기를 나누고 싶었다. 하지만 내 어머니인 사라파 대왕께서 나를 찾으시는구나."

"그럼…… 이제 가는 거야?"

"그래, 돌아가서 나의 자매들과 함께 여왕이 되는 거지. 우리 모두의 기억이 이어져서 밀라바사의 대왕이 되는 거니까."

"그럼 넌, 사라지는 거야?"

"사라지는 게 아니다. 기억은 계속 이어지는 거야."

캣사라가 날개를 한번 가볍게 흔들며 말했다.

"그러니 너를 기억하마. 나를 돌봐 준 은혜도 잊지 않으마."

"저, 저기. 캣사라!"

캣사라의 몸이 빛에 휩싸이기 시작했다. 나는 캣사라의, 왼쪽 어깨에서 돋아 나온 팔을 붙잡으며 충동적으로 말했다.

"언젠가는…… 언젠가는 내가 네 별에 갈게."

"밀라바사에?"

"난 나중에 과학자가 될 거니까, 꼭 NASA에 들어가서, 그래서 우주선을 만들고, 그리고……."

그냥 저지르듯이 내뱉은 말이었다. 하지만 어쩐지 가슴이 콩닥콩닥 뛰었다.

그리고 캣사라는 고개를 끄덕였다.

"알겠다. 기다리고 있으마."

"응!"

"우리 모두 너를 환대할 것이다. 나, 캣사라의 친구로서."

그리고 캣사라는 마치 안개처럼 희미해졌다가, 내 방에서 완전히 사라졌다.

나는 그 자리에 무너지듯 주저앉았다. 조금 전까지 있었던 모든 일들이, 마치 꿈만 같았다.

그리고 잠시 후, 내 휴대폰에 잔뜩 흥분한 과학반 친구들의 메시지가 날아들기 시작했다.

봤어? 우리 동네에 UFO가 나타났대!

지금 SNS에서 아주 난리야!

누구 저 UFO 본 사람!

쏟아지는 메시지를 들여다보다가, 나는 문득 피식피식 웃었다.

과학반 친구들은 상상도 하지 못할 것이다. 어쩌다 보니 내가, 외계의 공주님과 친구가 되어 버렸다는 것을. 언젠가 그 별에 찾아가겠다고, 거창한 약속까지 해 버린 것을.

나는 찢어진 방충망과 시든 배춧잎, 그리고 플라스틱 수조가 깨진 파편들로 엉망이 된 방바닥을 치우기 시작했다. 전부 캣사라가 남긴 흔적이었다. 쓰레기봉투를 가져와 조각들을 주워 담다가, 나는 문득 관찰 상자로 쓰던 플라스틱 수조의 조각 하나를 집어들었다. 햇살을 받아 저마다의 빛으로 반짝여, 마치 나비의 날개를 뒤덮은 커다란 비늘 가루처럼 보이는 조각을 집어, 나는 그 위에 캣사라의 이름과 오늘 날짜를 적어 두었다. 누군가 보면 웃을지도 모르지만, 영문 모를 쓰레기를 갖고 있다고 생각할지 모르지만, 그래도 잊지 않도록. 언젠가 이 세계를 넘어서, 인간이 갈 수 있다고 믿은 한계에서 한 걸음 더 나아가서, 저 머나먼 별의 여왕님을 만나러 갈 수 있도록.

작가의 말

　운동장을 빼앗겼던 여자아이들을 생각합니다. 집 근처 체육공원은 불량한 남자들이 오간다는 이유로 학교에서도 집에서도 '여학생이 가서는 안 되는 곳'이 되어 있었습니다. 대학 입학 원서를 쓸 때, 공대에 가겠다고 했더니 여자아이는 그런 데 나와도 취직이 되지 않는다는 말을 들었던 것을 문득 떠올립니다. 눈앞의 문들이 하나하나 닫히는 기억들. 하지만 그럼에도 불구하고 언젠가 너는 자라서 세상 어디든 갈 수 있다고 말해 주고 싶었습니다. 이 글을 읽는 당신에게, 그리고 예전의 어린 나에게.

이틀 전

― 최근 우주선과 로봇을 다른 천체로 보내는 우주 이벤트 사업이 늘어나고 있는데요, 우주로 보내진 로봇들이 결국에는 우주 쓰레기가 되어 버릴 것이라는 비판이 팽배합니다. 재고 처분을 위해 마구잡이 식으로 이벤트를 진행하는 기업도 문제지만 별다른 목적 없이 무분별하게 이벤트에 응모하는 참여자들 역시 문제라는 의견도 있습니다. 몇 년 내로 태양계 우주 쓰레기 수거의 목적으로 세금이 쓰일지도 모른다는 우려의 목소리도 있는 가운데…….

시라는 뉴스를 듣지 않으려 애쓰며 하늘을 올려다봤다. 그래도 이미 한번 들은 말들은 머릿속에서 쉽사리 지워지지 않았다.

'목적 없이…, 무분별…. 우주 쓰레기……. 쓰레기라니! 목적이 없다고 해서 쓰레기로 취급하는 건 말도 안 돼!'

시라는 멈춰 서서 뉴스 로봇이 멀어지기를 기다렸다. 길거리엔 온갖 로봇이 돌아다닌다. 광고 로봇, 뉴스 로봇, 말벗 로봇 등등. 제멋대로 노래를 부르거나 구구단 외우기를 반복하는 로봇도 있다. 흔해 빠진 게 로봇이라지만 시라의 집에는 로봇이 한 대도 없다. 로봇 폐기세가 생길지도 모른다는 말에 부모님이 로봇을 절대로 집안으로 들이지 않았기 때문이다. 공짜 로봇이라도 마찬가지다.

수, 금, 지, 화, 목, 토, 천, 해……. 시라는 중얼거리며 이쪽 하늘, 저쪽 하늘을 번갈아 쳐다봤다. 아직 밝은 하늘에 별이 보일 리 없고, 행성이 보일 리는 더더욱 없었다. 게다가 시라는 해와 달 말고 다른 별이나 행성을 알아볼 줄 몰랐다.

시라는 도, 레, 미가 어디쯤에서 뭘 하고 있는지 전혀 모른다는 걸 깨달았다. 시라가 열두 살이 된 지 두 달도 더 지났지만 달라진 게 하나도 없었다. 도, 레, 미가 우주 쓰레기가 될까 봐 겁났지만, 딱히 할 수 있는 일이 없었다.

시라의 옆으로 번쩍이는 화면을 띄운 광고 로봇이 지나갔다. 시라의 생일 열흘 전에 학교 안으로 들어왔던 바로 그 로봇 같았다.

87일 전

2+1 거품 로봇 이벤트! 로봇 두 대 사면 하나가 덤!

로봇 세 대를 지구 밖 행성으로 보내 드려요. 우주 배달비는 공짜!

(주최 거품 로봇, 협찬 거품 우주선)

"얘들아, 이거 봐봐. 이 이벤트 경쟁이 엄청날 거라던데? 되는 사람 있을까?"

"시라라면 할 수 있을 거야."

"맞아. 시라는 항상 운이 좋으니까. 그래도 이건 경쟁이 장난 아닐 거라 시라한테도 쉽진 않을걸?"

광고 로봇 화면을 보며 아이들이 떠들고 있었다. 시라는 조용히 입술을 깨물었다.

'운은 무슨……. 아무것도 모르면서…….'

시라는 다시는 이벤트 신청 따위를 하지 않을 작정이었다. 아무것도 달라지지 않아서다.

만 11세 355일의 나이에 비해 키와 몸집이 매우 자그마한 시라는 인터넷 티케팅의 고수이며 전문가이자 달인이다. 그토록 경쟁이 치열하다는 빅아이돌 그룹의 비밀 콘서트, 월드리그 축구 선수와의 팬미팅뿐 아니라 한정판 북극 빙하수 사전 구매 신청에도 성공한 바 있다.

티케팅에 성공하려면 우선 신청 사이트에 타이밍을 잘 맞춰 접속하는 게 중요하다. 사이트 주소를 저장하고 클릭 연습을 수천 번 하는 것은 물론, 돌발 상황에 대비하여 관련 정보를 모두 외워 놓아야 한다. 밤마다 손톱을 다듬고 학교 쉬는 시간마다 허벅지 위에서 피아노 치듯 손놀림을 멈추지 않으며 타자 실력을 늘렸다. 더 중요한 게 있다. 인터넷 서버가 과부하되어 접속이 느려지고 화면이 멈추더라도 절대로 조바심을 내지 말고 기다려야 한다. 그래서 수학 시간과 사회 시간마다 칠판을 멍하니 바라보며 명상 수련하기를 멈추지 않았다. 티케팅 성공은 운빨만으로 가능한 일이 절대로 아니다.

시라가 노력해서 이루어 내는 것들에 대해 단지 운이 좋을 뿐이라고 한다거나, 노력해도 되지 않는 일들에 대해서는 그냥 받아들이라고 하는 말들이 시라를 따라다니는 건 참을 수 있었다. 시라의 진짜 억울함은 따로 있었다. 수백만 수천만 대 일의 경쟁을 뚫고 성공하더라도 최종적으로는 콘서트에도 팬미팅에도 가 본 적이 없다는 점이다. 한정판 상품을 구매해서 손에 넣어 본 적은 더더욱 없었다. 돈을 못 내서였다.

시라의 엄마와 아빠는 꼭 필요한 때가 아니면 시라에게 따로 용돈을 주지 않았다. 그리고 그 '필요성'에 대한 결정은 항상 자기들 마음대로 했다.

"내가 네 나이 때는 말이야, 그런 쓸데없는 곳에 돈을 써 본 적이 없어."

시라 아빠가 지금까지 삼백여든네 번 했던 말.

"아직 뭘 모르는 나이라서 그래. 나중에……, 나중에 네가 뭘 좀 알게 되면 그때 이것저것 다 해 봐."

아빠의 말에 시라 엄마가 덧붙였다. 나중 언제? 도대체 몇 살이 되면 콘서트에도 가고 물건도 마음대로 살 수 있는 건데? 시라의 질문에 대한 엄마의 대답은 매번 달랐다. 키가 더 크면, 육개장 건더기를 다 먹으면, 100점 맞으면, 아니, 한 과목 말고 전과목 백점 맞으면……, 내년이 되면, 열두 살이 되면, 그냥 열두 살 말고 만으로 열두 살이 되면……, 프리즘 립글로스를 사 준다고 했던가?

"프리즘 립글로스 어디에 쓰게? 먹는 게 남는 거야. 거품 치킨 먹자. 두 마리 시켜서 실컷 먹어 보자고!"

엄마가 말했다. 정작 시라는 입술 화장에도 관심이 없고 '맛은 두 배, 칼로리는 절반'이라는 거품 치킨도 그다지 좋아하지 않았다.

'내가 갖고 싶은 건 뭐지?'

시라는 자기도 모르는 사이에 컴퓨터로 인터넷에 접속하여 이벤트를 찾아보고 있었다.

'로봇은 비싸겠지? 로봇은 좋겠다, 지구를 떠날 수도 있으니까. 나 대신 로봇이 다른 행성에 가면 좋을 것 같긴 한데……. 아빠는 쓸데없다고 하겠지? 엄마는 또 나중에 하라고 하겠지? 아, 지겨워. ……어?'

2+1 로봇 이벤트

……

* 출발 직전 로봇 배웅 행사가 진행됩니다.

* 출발 예정일 : ○○○○년 ○○월 ○○일

시라의 눈길이 멈췄다. 2+1 이벤트 로봇이 우주로 떠나는 날짜가 바로 열흘 후, 시라가 열두 살이 되는 생일이었기 때문이다. 시라는 무엇엔가 홀린 듯이 이벤트 로봇을 뒤지기 시작했지만 로봇 대부분은 값이 매우 비쌌다. 하지만 쉽사리 낙담하지 않는 끈기의 이벤트 신청자답게, 시라는 이벤트 사이트의 구석에서 제법 싼 가격의 로봇을 찾아냈다.

지구 최대 공장 638구역 재고 로봇
상태 - 신청 가능
목적지 - 왜소행성 134340 - 가격
신청 가능 시간 오늘 23:59:59

134340? 그게 로봇 한 대의 가격이라니! 134,340원은 딱 거품 치킨 한 마리값이다.

그날 밤 23시 59분 59초에 시라는 2+1 로봇 이벤트 신청을 시도했고 여느 때처럼 쉽게 성공했다. 이벤트 신청 자체에 성공한 건 벌써 수십 번째이지만, 이번에는 로봇 가격을 지불하고 이벤트 참가까지 할 수 있으리라는 생각에 가슴이 두근거렸다.

시라는 머릿속으로 계획을 세웠다. 일단 엄마와 아빠를 각각

졸라 열두 살 생일 선물로 거품 치킨을 사 달라고 할 것이다. 그리고 그만큼의 돈을 미리 달라고 할 작정이었다. 엄마와 아빠로부터 각각 한 마리값을 받으면 134,340 곱하기 2, 로봇 두 대 값인 268,680원이 생긴다.

화성이나 목성처럼 유명한 행성으로 보내지는 로봇들은 훨씬 비쌌다. 일, 십, 백, 천, 만……, 987만 원도 넘었다. 요새 파는 다른 로봇 가격이 많이 내렸는데도 그 값인 걸 보면 모든 이벤트는 장사꾼들의 꼼수일 뿐이라는 아빠의 말이 완전히 틀린 말은 아닌 것 같았다. 그래도 시라가 찾아낸 로봇은 왜소행성으로 가는 대신에 합리적인 가격으로 보여 만족스러웠다.

'그런데 왜소행성이 뭐지? 어쨌든 행성이겠지?'

태양을 중심으로 돌고 커다란 구 모양의 천체인 왜소행성에는 세레스, 에리스, 명왕성, 마케마케, 하우메아 등이 있다. 왜소행성들은 달보다 작고 매우 멀리 있어서 지구에서 맨눈으로 보긴 어렵다.

　　　　　　　　　　—시라의 질문에 대한 천문 로봇의 답변 메시지

"그럼, 우리 시라 생일에 거품 치킨 사 주고말고. 프리즘 립글로스보다는 다 함께 먹을 수 있는 거품 치킨을 고르다니, 시라가 많이 컸는데? 엄마랑 아빠랑 합쳐서 원 플러스 원으로 두 마리 시킬게."

원 플러스 원이라는 말에 깜짝 놀란 시라는 거품 치킨 두 마리값이 필요한 이유를 장황하게 설명해야 했다. 엄청나게 어려운 로봇 이벤트 신청에 성공했는데, 두 대만 사면 한 대가 덤이라서 로봇 세 대를 태양계 다른 행성으로 공짜로 보낼 수 있다는 사실을 말했다. '덤', '공짜'처럼 아빠가 좋아하는 단어에 힘을 주어 말했지만 아빠의 잔소리는 어김없이 시작되었다.

"나 때는 말야, 십삼만 원이면 동남아 여행도 갈 수 있었어. 열두 살한테는 십삼만 원이면 충분해. 암, 그렇고말고. 로봇이 생겨도 집에 안 갖고 온다는 건 마음에 드네. 일단 네가 어려운 이벤트 신청에 성공한 데다 네 생일이니 모르는 척하지는 않을게. 로봇은 한 대만 보내라."

"하지만……"

시라가 목소리를 높이려는 찰나, 전화벨이 울렸다. 거품 로봇 이벤트 담당자였다. 로봇 요금 지급을 독촉하는 연락일 줄 알았는데 담당자는 누락되어 있던 로봇 가격을 알려 주겠다고 했다. 시라가 찾은 정보 가운데 '왜소행성 134340'이 로봇의 목적지이고 그 옆에 가격 정보가 빠져 있었다는 것이다. 로봇의 가격은 천왕성이나 해왕성으로 보내지는 로봇 가격과 똑같은 8,765,432원이라고 했다. 이렇게 말이다.

거품 로봇 지구 최대 공장 638구역 재고 로봇
상태 - 신청 가능
목적지 - 왜소행성 134340
가격 - 8,765,432원

"왜소행성 십삼만 어쩌구, 그래요, 그 일삼사삼 그거가 명왕성이라고요? 내가 어렸을 때는 명왕성도 행성이었는데, 왜소행성이라고요? 이랬다저랬다 하기는……. 그래서 지금은 명왕성이 행성이 아니라는 거죠? 더 잘됐네요, 로봇을 행성에 보내는 경우랑 왜소행성 일삼사 어쩌구로 보내는 경우에 같은 값을 낼 수는 없잖아요? 뭐라고요? 명왕성이 더 멀다고? 어차피 당신들은 로봇이랑 우주선 재고 처리하려고 이런 장사 하는 거 아니요?"

"담당자님, 이게 우리 아이 열두 살 선물이거든요. 처음 올려 주신 가격으로 안 될까요? 거품 치킨값으로 해 주시기만 한다면 더 낡은 로봇이라도 괜찮아요. 가격 표기 실수는 그쪽에서 하신 거잖아요. 저희도 많이 봐 드리는 거죠."

시라 아빠가 거품 로봇의 이벤트 담당자에게 큰소리를 내고, 시라 엄마가 조용히 협상을 시도했다. 예기치 못한 상황에 당황한 시라는 아빠와 엄마가 시라의 편을 들어 주는 건지 아닌지도 헷갈렸다. 다행히 엄마의 협상이 의외로 쉽게 성공했다.

"휴……. 이게 다 상술이야. 뭘 모르는 아이들한테 장사하면서 쓰레기를 우주에 버리는 거라고."

전화를 끊은 엄마가 투덜거렸다. 로봇과 우주선의 과잉 생산이 지구 사회의 문제가 되고 있다. 로봇 회사는 신제품을 더 팔기 위해서 창고에 쌓인 재고 로봇을 자꾸 없애야만 한다. 우주선도 마찬가지다. 그런데 로봇이나 우주선 쓰레기를 우주에 그냥 버릴 경우 폐기세를 내야 할 수도 있어서 이벤트를 통해 다른 행성으로 로봇을 보내고 우주선을 태양계 밖으로 날려 버리는 게 분명하다고 했다.

'우주로 버린다니……. 아무리 로봇과 우주선이 생명이 아니라고 해도 너무해. 사람이 너무 많아져도 우주로 보내 버릴

건가?'

시라는 고개를 저었다.

"아무튼, 치킨값, 아니 로봇값은 아빠랑 엄마가 각각 내 줄게. 열 받아서 봐주는 거야. 그리고 시라 너도 열두 살 되면 정신 더 바짝 차리고, 쓸데없는 짓 좀 그만해라!"

아빠의 잔소리를 들으며 시라는 머릿속으로 명상 수련을 시작했다.

> 1930년에 발견된 명왕성은 태양계의 아홉 번째 행성이었으나 명왕성과 비슷한 천체들이 발견되면서 2006년에 왜소행성으로 분류되어 134340이라는 번호가 붙었다.
> —시라의 질문에 대한 천문 로봇의 답변 메시지

77일 전

이벤트 로봇들이 우주로 떠나기 전 개최된 배웅 행사에서 시라는 도, 레, 미를 처음 만났다. 누가 봐도 옛날식 디자인의 자그마한 로봇들을 마주치자 대번에 도, 레, 미인 줄 알아봤다. 로봇들을 보며 웃어 보려 애썼지만 시라의 두 눈은 퉁퉁 부어 있었다. 시라가 레에게 잘 나온 셀카 사진을 저장해 주지 않았다면 도, 레, 미는 시라를 눈이 퉁퉁 부은 아이로 기억하게 되었을지도 모른다.

며칠 전, 엄마와 아빠로부터 받은 268,680원을 로봇 가격으로 지불하자 로봇들의 신상명세를 등록하라는 연락이 왔다. 시라가 로봇들에게 지어 준 이름은 '도', '레', '미'였다.

로봇에 특별 옵션을 장착하시겠습니까?

'옵션? 무슨 옵션?'
시라가 구입한 로봇은 재고 중에서도 창고 가장 안쪽에 들어 있던 초창기 로봇이었다. 거기에는 당연히 초창기 장치가 장착되어 있었고, 최신 로봇보다 기능이 매우 떨어졌다.

그래도 걱정 마시길! 로봇이 떠나기 전에 주기능 장치, 저장 장치 및 통신 장치를 업그레이드할 수 있습니다. 가격은 각각 8,888,888원.

거품 치킨 66마리가 넘는 가격이라니! 시라로서는 꿈도 꿀 수 없는 가격이었다. 시라는 할 수 없이 도, 레, 미에게 기본 데이터만 장착했다. 부족한 저장 공간을 아끼느라 도에게는 질문 모듈을, 레에게는 척척백과사전 정보만 깔아 줬다. 덤으로 주어지는 로봇이라 사양이 더 낮았던 미에게는 아무것도 추가하지 못했다.

다른 행성에 머무는 로봇과 메시지를 주고받으세요.
지금 사면 우주 데이터 통신 쿠폰이 반값! 데이터 1기가바이트당 단돈 1,234,567원!

자신의 로봇들이 구닥다리인 채로 우주로 나가게 되는 것도 서럽고 억울한데 우주 데이터 통신 쿠폰이 없으면 로봇들과 연락조차 할 수 없다는 사실에 시라는 슬펐다. 이벤트로 꼬셔 놓고 자꾸자꾸 돈을 쓰게 만드는 거품 로봇 회사가 싫어졌고, 무조건 돈을 아끼려고 하는 아빠도 엄마도 미웠다. 이 모든 건 아직 어려서 아무것도 없는 자기 탓인 것만 같았다. 시라는 자신에게 화가 많이 났고, 화가 날수록 펑펑 눈물이 났다. 그래서 두 눈이 퉁퉁 부은 채로 배웅 행사에 나오게 되었던 것이다.

행사장에서 알게 된 또 한 가지 사실은 명왕성, 즉 왜소행성 134340으로 가는 우주선이 직항이 아니라는 점이었다. 목성행 로봇들을 먼저 내려 주고 가야 해서 도, 레, 미가 명왕성에 도착하기까지 일주일도 넘게 걸린다고 했다. 시라가 또 흐느끼기 시작했다.

"명왕성까지 가는 데 일주일이면 괜찮지 뭘 그래. 나 때는 말이야, 우주선이 명왕성까지 가는 데 거의 십 년이 걸렸다고! 그러게 왜 이런 쓸데없는 짓을 해서……"

배웅 행사장에서 아빠는 지레 큰소리를 내며 분위기를 바꿔 보려 했다. 아빠가 그럴수록 시라는 도, 레, 미와 자신이 남들 눈에 띨까 봐 신경이 쓰였다. 다른 행성으로 가는 로봇들은 모두 번듯하고 훤칠해 보였다. 옆에서 "자주 연락할게! 너희들 생일이 되면 멋진 선물도 보낼게!"라며 깔깔대는 아이의 목소리가 들렸다. 목성행 로봇을 배웅하는 아이였다.

시라는 도, 레, 미에게 별달리 할 말이 없었다.

"나도…… 연락할게."

시라는 목이 메었다. 우주 데이터 통신 쿠폰이 없기 때문에 로봇들과 메시지를 주고받기 힘들 게 뻔했다.

"너희들이 열두 살이 되는 날에는 꼭 연락할게."

시라도 자기가 왜 그렇게 말했는지 알 수 없었다. 아마도 바로 그날 시라가 열두 살이 되었기 때문일지도 몰랐다. 열두 살이 된 시라는 울먹이면서도 웃음 지으려고 애썼다. 뭘 좀 아는 듯한 당당한 표정을 짓고 싶었다.

67일 전

왜소행성 134340에 도착한 도, 레, 미는 열두 살이 되는 날에 연락하겠다는 시라의 말을 곱씹어 봤다. 기본 데이터밖에 갖고 있지 않은 도, 레, 미는 아는 게 별로 없었다. 도는 질문을 할 수 있고 레는 척척백과사전 정보를 찾아볼 수 있을 뿐이었다.

— 우리는 언제 열두 살이 되지?

도가 질문을 던졌다.

— 태어나서 12년이 지나면 나이가 열두 살이 된다.

레가 척척백과사전 데이터를 검색했다.

— 태어나는 게 뭐지? 1년이 얼마나 되지? 나이가 뭐지?

— 태어나는 건 세상에 나오는 거고, 1년은 지구가 태양을 한 바퀴 도는 기간이고, 나이는 세상에 나서 살아온 햇수를 말한다.

도가 질문을 하고 레가 답변을 찾아내는 동안 미는 조용히 듣기만 했다.

도, 레, 미가 언제 열두 살이 되는지 알아내는 건 쉽지 않았다. 도가 끊임없이 질문을 하고 레가 척척백과사전을 다 뒤졌는데도 그랬다. 로봇의 인공지능에 정보가 많이 들어 있다고 해서 모든 게 해결되지는 않는 법이다. 심지어 미는 메모리 용량이 적어서 작동을 멈칫거리기까지 했다.

도, 레, 미가 언제 세상에 나온 건지 정하는 것도 간단하지 않았다. 거품 로봇 지구 최대 공장에서 생산된 건 지구 시간으로 칠 년 반 전이고, 그들이 처음으로 부팅되어 도, 레, 미가 된 건 지구 시간으로 열흘 전이었다. '몸이 먼저냐, 마음이 먼저냐'처럼 고차원적인 문제였다.

1년이라는 시간 기준은 더욱 어려웠다. 명왕성, 즉 왜소행성 134340이 태양 주위를 도는 기간은 지구 시간으로 248년이나 된다. 그러니까 248년을 열두 번 지나야 도, 레, 미가 열두 살이 되는 것이다.

도 : 248 곱하기 12년 후에도 시라가 살고 있을까?

레 : 쉽지 않을 것이다. 200년 이상 산 인간은 아직 없다.

도 : 우리는 그때까지 살아 있을까?

미 : 😁

살아 있다는 건 뭘까? 하늘에 커다란 위성이 떠 있고 저 멀리 태양이 별처럼 빛나는 명왕성에 로봇 도, 레, 미가 살아 있었다. 열두 살이 되기 위해. 열두 살이 되어 시라와 연락을 주고받기 위해.

이틀 전

명왕성의 하늘에 떠 있는 위성 카론은 위성이라기에는 매우 크기 때문에 중력의 중심이 명왕성과 카론의 사이에 위치한다. 그래서 명왕성과 카론은 서로를 돌고 있다고 말할 수도 있다. 카론이 명왕성 주위를 도는 데는 153시간이 걸린다. 지구 시간으로 6일 9시간 정도.

— 레가 검색한 척척백과사전 정보

정보에 따르면 명왕성은 태양 주위만 도는 게 아니라 카론

주위를 돌고 있다고도 할 수 있다. 지난 수십 일 동안 도, 레, 미는 그 점에 대해 곰곰이 생각했다.

도 : 명왕성과 카론이 서로 한 바퀴를 돌면 나이를 한 살 먹는다고 할 수 있을까? 일 년은 한 바퀴를 도는 기간이니까.

레 : 할 수 없다고 말할 수 없다. 척척백과사전에 나이 기준을 제멋대로 바꾸면 안 된다는 말이 없기 때문이다.

미 : ☺

그래서 도, 레, 미는 그렇게 나이를 정하기로 합의했다. 통신이 되지 않아서 외부와 연락이 안 되니까 뭐라고 할 사람도 로봇도 없었다. 6일 9시간 만에 한 살을 먹는다면, 77일째에는 열두 살이 될 것이다. 지구 시간으로 이틀 뒤다.

도, 레, 미는 명왕성에서는 보이지도 않는 지구를 향해서 똑바로 서서 열두 살이 되면 도착할 시라의 연락을 기다리기로 했다. 그들은 섭씨 영하 200도 이하의 춥고 어두운 땅 위에서, 지구의 오로지 한 사람, 시라를 생각했다.

오늘

이틀 전, 시라는 광고 로봇의 화면에서 새로운 이벤트를 발견했다. 생일 이후에도 열 번 넘게 이벤트에 신청하여 성공하였지만 다 그저 그런 것들이었다. 그런데 이번 이벤트는 눈에 딱 띄었다.

한정판 우주 데이터 이벤트! 선착순 단 한 명!
태양계 안 모든 곳에 우주 데이터 전파를 보낼 수 있는 공짜 통신 쿠폰을 드립니다. 쌍방향 전파 송수신 가능.
* 이틀 후 12:12:12에 신청 가능. 신청 접속 폭주가 예상됩니다.

'딱 한 명이라고?'
시라는 이벤트 신청을 위해 점심도 먹지 않은 채 학교 컴퓨터실로 갔다. 열두 살이 되어도 여전히 자그마한 시라는 여전히 인터넷 티케팅의 고수이며 전문가이자 달인이었다.
도, 레, 미에게 열두 살이 될 때 연락하겠다고 말한 건 그때의 상황을 피해 보려 지어낸 핑계일 뿐이었다. 시라는 로봇들에게 상황 설명을 제대로 하지 않고 핑계를 댔던 게 부끄러웠다.

'꼭 통신 쿠폰을 손에 넣어서 언제라도 도, 레, 미에게 연락할 거야. 이번에 안 되면 다른 이벤트에 도전하면 돼. 기다려, 도, 레, 미!'

이건 쓸데없는 일이 아니다. 도, 레, 미는 우주 쓰레기가 아니다. 시라는 주문을 외우듯 중얼거리며 이벤트 화면에 접속했다.

누군가 자신을 지켜봐 주는 것 같은 느낌이 들었다. 창밖의 하늘이 흐리지만 예감이 나쁘지 않았다.

별일 없니? 뭐 하고 지내? 그런 질문에 그저 멍하니 지낸다고
만 답하기는 아무래도 좀 그렇지? 다른 사람들에게는 쓸데없어
보일지 몰라도, 너에게도 남몰래 좋아하는 일과 혼자 꼼지락거리
는 시간이 있을 거야. 어떻게 아냐고? 나도 그러거든.

언젠가 특별 이벤트에 당첨되거나 우주의 신호가 오면, 그건
우리가 보낸 시간의 선물일 거라고 믿어.

5 ─ 소생과 탄생 사이

홍준영

인간들은 너무 자주 자유를 착각합니다.

자유가 가장 숭고한 감정에 속하듯이

착각 또한 가장 숭고한 감정에 속하는 것이지요.

−연극「빨간 피터의 고백」중에서

'소생학회'라는 비밀 조직은 하나의 목적만을 위해 수백 년의 시간을 인내하고 있었다.

그들의 이름처럼 죽음을 정복하는 것.

오랜 세월 만들어 놓은 커넥션과 재력은 단 하나만의 목적을 위한 것이었다. 죽음을 정복하기 위해 진행된 연구들은 여러 시행착오와 함께 지금까지 이어져 왔다. 때문에 도시 전설로만 접해 본 일반인들에게 그들은 말도 안 되는 가짜 과학이 섞인 풍문 정도로만 취급당할 뿐이었다. 그러나 최근에 자신들의 오랜 역사 안에서 눈에 보이는 결과를 내는 데 성공한다. 그것이 그들이 원한 결과인지는 알 수 없지만, 산하 연구소 중 한 곳에서 그들의 염원을 해결할 만한 것이 탄생한 것임에는 틀림이 없었다.

'붉은 피터'라 이름 붙여진 존재의 탄생이었다.

'붉은 피터'는 쌀알만 한 크기와 모양의 작고 붉은빛이 도는 진핵생물이었다.

자아도 없이 사방에서 들려오는 진동으로만 정보를 받아들이던 아주 작은 시기(훗날 그것이 음악이라는 것을 알았다.)부터, '붉은 피터'는 당연하게 자연적으로 탄생한 게 아닌, 만들어진 존재임을 인식하고 있었다. 그렇기에 본능이 깨어날 때, 어떤 행동을 해야 하는지 알고 있었다. 디자인된 본능이 이끌 때만을 보관된 병 안에서 기다리며, 들려오는 음악을 듣고 있었다. 그리고 얼마 지나지 않아 흥얼거리는 소리가 아닌 소란스러운 진동이 '붉은 피터'가 들어 있는 병에 다가오는 것을 알았다.

보관된 병에서 주사기로 옮겨져 누군가의 콧속을 통해 뇌로 옮겨졌다. 괴사한 뇌에 도착하자 이것은 자신이 디자인된 본능대로 움직였다. 괴사한 조직들을 먹고 점차 그 안에서 해파리 대가리처럼 부풀어 두개골 안을 채웠다. 명주실 같은 촉수가 뇌의 신경망을 연결하고 괴사하였던 신경조직의 역할을 대신했다. 그리고 아직 아무것도 아닌 생물에 불과했던 '붉은 피터'에게 이 육체의 정보와 감정이, 자아가 입력되어 갔다. 정보를 받아들이던 '붉은 피터'로 자아가 들러붙어 가는 것 같았다. 애초에 이 인간과 하나가 돼 가는 것이라 느껴졌다.

'붉은 피터'가 주입되고 자아가 정리되기 시작한 지 얼마 되지 않아, 시체 꼴로 잠들어 있었다면 알 수 없는 여러 정보들이 뒤엉켜 떠오르기 시작했다. '붉은 피터'가 보관된 병 속에서 들었던 음악들이 하나둘씩 복기되었다. 고전적인 재즈 음악이 계속해서 떠올랐다. 자신이 그저 자신일 뿐이라면 절대 알 수 없는 연구소의 정보들이 음악의 흥얼거림과 함께 복기되었다. 이상한 감정이었지만 불편함은 들지 않았다.

머릿속에 들러붙는 정보에 따르면, 이 육체는 뇌가 소생할 가능성이 없다는 것으로 판단되어 서류상 '시신 기증자'로 처리된 존재였다. 해부실습용으로 사용되었어야 할 시신은 '소생학회'의 연줄로 이 연구소로 이송되었다. 그렇다고 이 육체가 특별한 시체는 아니었다. '붉은 피터'가 삽입되기 전까지 이 육체는 연구소에 널린 수많은 시체일 뿐이었다. 추락사로 몸이 개판이 되기 전까진 평범한 개인이었을 것이다.

실제로도 그는 혼란스러워하고 있었다. 그의 이름은 ▓▓▓▓ ▓▓▓▓이고 ▓▓▓▓▓▓▓ 출신의 청소년일 뿐이었다. 하지만 '붉은 피터'가 삽입되고 나흘째 되던 때, 그는 연구소에서 가장 중요한 존재가 되었다. 수많은 시체들 중 처음으로 눈을 뜬 유일한 성공 사례였기 때문이다. 그가 눈을 뜨고 얼마 지나지 않아 하얀 가운을 입은 과학자들이 그가 있는 방으로 계속 찾아왔다. 지금 그는 수많은 생각과 음악이 뒤엉킨 상태였지만 머릿속에 든 단 하나의 결론은 확실했다.

'이건 좀 민폐가 아닐까.'

과학자들은 자신들을 자랑스러워했다. 그들은 학계에서 이단으로 몰린 사람들뿐이었지만 끝없는 시행착오와 실험으로 첫 성공 사례를 남겼으니 말이다. 아직 완성이라고 할 수 있는 성공은 아니지만, 실험체가 눈을 뜨고 사고하고 있다는 것만으로도 그들의 마음을 들뜨게 할 순 있었다.

그러던 어느 날, 한 과학자가 그를 A군이라 불렀다. 왜 그 과학자가 그렇게 불렀는지 그는 이해가 가지 않았지만, 그것은 그의 공식적인 이름이 되었다. 이미 검열돼 버린 본명을 부르는 것보다야 낫다는 게 많은 동료 과학자들의 생각이었고 A군이라 불리게 된 본인도 그다지 부정적인 반응을 보이지 않았다.

과학자들에겐 A군이 확실히 살아났음을 확인해야 할 의무와 책임이 있었다. '붉은 피터'가 잘 정착되었는지 뇌 기능은 제대로 돌아가는지를 알아야 했다. 눈 뜬 채로 숨을 쉬며 몸을 움직인다고 인간인 것은 아니다. 과학자들은 그의 인지 융통성 능력이나 운동 능력을 시험했다. 덕분에 그들은 결과를 낼 수 있었다. 그는 과거를 기억했고 사고하며 답할 수 있었고 대화할 수 있었으며 육체를 이용한 여러 운동을 어렵지 않게 해냈다. 과학자들이 예상한 기준치를 훨씬 웃도는 결과들을 보면서 과학자들은 결론지을 수 있었다. 지금 그들 눈앞에 있는 존재는 숨 쉬고 걸어 다닐 뿐인 좀비가 아니라고 말이다.

다만 그들이 원하는 '소생'인지 새로운 존재가 '탄생'한 것인지는 아직 알 수가 없었다. 어디까지나 이들이 원하는 것은 소생이지, 탄생이 아니다. 죽음에서 돌아온 인간이 있다면 과거의 유무는 상관이 없을지도 모르지만 '소생학회'에선 죽음에서 돌아온 자아가 주체성이 다르다면 이는 새로운 탄생이지 죽음을 이겨 냈다고 할 순 없다고 믿었다. 무엇이 다른가 하고 생각할 순 있어도 그 누구든 수백 년간 이어 온 아집을 이길 순 없는 것이다. 어쩔 수 없이, 과학자들은 기필코 '소생학회'의 '학술회'를 통과하고자 했다. 죽음을 이겨 내고자 하는 '소생학회'의 대의 때문만이 아니라 이는 이 연구소의 아집이기도 했다. 하지만 인터뷰는 이뤄지지 않았다. A군이 완전히 사라졌기 때문이다.

삼엄한 감시와 보호에서 벗어나 어딘가로 떠난 것이다.

그들의 오랜 세월에 대한 보상이 되어야 할 A군은, 그들의 자랑스러워야 할 결과물이 아니라 자신들의 치부가 된 것이다. 오랫동안 추적이 계속되었지만 이렇다 할 단서조차 못 찾아내고 있을 때, 밑도 끝도 없이 A군 본인이 자신을 연구하던 그 연구소로 돌아왔다.

연구소는 의구심에 휩싸여 A군을 수색했다가 별다른 소지품도 없이 연구소에 온 것임을 알았다. 빼곡하게 잡설을 적은 노트와 따지 않은 콜라 캔 여섯 개가 전부였다. 노트는 여러 음악 공연들에 대해 자신의 평가와 감상을 적어 놓은 것으로 '소생학회'가 흥미로워할 만한 글들은 아니었다. 연구소의 과학자들은 대화를 해 보기로 했다. 마치 여행을 다녀온 아이처럼 천진한 모습에 어이가 없긴 했지만, A군의 상태가 궁금했다. 사회에선 사이비 과학을 한다고 무시와 천대를 당하던 자들이었지만, 그들 또한 과학자이긴 했기 때문이다.

A군은 벽 하나하나에 형광등이라도 넣어 둔 것만 같이 밝고 새하얀 사각형 방, 한가운데에 있는 고정된 의자에 묶여 있었다. 충분히 공황에 빠질 만한 공간이었지만 마치 집에 돌아온

것처럼 평온하게 앉아 있었다. 얼마나 지났는지 알 수 없도록 설계된 새하얀 방에서 누군가 들어오기만을 기다리고 있는 것 같았다. 어떤 틈도 없는 벽면의 일부에 금이 드러나며 문이 젖혀졌다. 그리고 그 안에서 남자 하나가 들어왔다. 목에 걸린 아이디 카드를 벽에 대자 다시 문이 닫히며 이곳은 틈 없는 밀폐된 공간이 되었다. 들어온 남자는 새하얀 연구 가운을 입은 자로, 그는 A군을 소생시킨 연구팀의 소장이었다. A군이 어디론가 사라질 거라곤 생각도 못 했다가 A군이 실종된 뒤 위에서 계속 쪼이고 있었다. 덕분에 소장은 들어오자마자 그동안 당한 설움에 한숨을 쉬었다. 소장은 A군의 얼굴을 보자마자 위장이 바스러지는 느낌이 들었다.

"일단 지금부터 하는 말과 행동들은, 윗분들도 납득할 수 있게, 모두 기록될 거란 걸 이해하고 행동해 주게. 자네가 탈주 이후 소속 프로젝트 인원이 모두 노이로제에 걸릴 뻔했단 말이네. 그럼 하나 묻지. 그래서 밖은 재밌었나?"

"재미요? 재밌을 게 뭐가 있나요. 죽은 사람에겐 뭐든 똑같죠."

"그럼 대체 왜……."

소장은 말을 잇지 못하고 스트레스가 쌓이는지 계속 신음만을 입 속에서 머금고 있을 뿐이었다.

"일단, 다시 너에 대해 질문을 해야겠군."

"제가 누군지는 박사님이 더 잘 알지 않나요? 박사님은 저를 간단하게 A군이라 말하지만 제 이름은 ▆▆▆▆▆▆▆이고 나이는 ▆▆살이고 ▆▆▆▆▆▆▆▆ 출신이죠. 추락 사고로 뇌사 상태로 입원되어 있었고 시신 기증을 했다고 서류에는 쓰여 있지만, 정확히는 박사님이 속한 단체가 저를 빼돌린 거죠. 아니 그렇잖아요? 대체 보호자도 없는 천애 고독이 뇌사 상태로 무슨 시신 기증을 하겠어요? 뭐, 그렇게 빼돌려져서 박사님의 실험체로 배정되고 소생한 거죠. 제 기억이랑 훔쳐본 보고서가 틀린 게 아니라면 이 정도가 나에 관한 이야기가 맞지 않나요?"

"의기양양한 꼴을 보니 여전히 인지능력에는 문제가 없는 모양이로군."

"아니, 제가 여기서 처음 눈뜨자마자 시험이라는 시험은 다 쳤던 것 같은데요. 아마 모르긴 몰라도 대학 입학시험 문제도 풀었던 거로 기억되거든요? 그렇게 풀 수 있는데 인지능력에 문제가 있으면 안 되겠죠."

A군의 말에 잠시 아무도 답이 없자 미소를 지으며 말을 이었다.

"질문 없으신가요?"

"대체 어디를 그렇게 나다닌 건가."

"재밌네요. 전, 왜 나갔냐고 물을 줄 알았는데. 아니다. 사실 둘은 하나의 질문이나 다름없죠. 이 질문을 대답하기 위해선 제 두개골 속에 있는 것에 대해 말해야 할 겁니다. 소장님 휘하 연구소 사람들이 '붉은 피터'라 이름 붙인 진핵생물 말이죠. 아아, 소장님, 놀라실 건 없어요. 전 알고 있었으니까요. 이건 서류를 찾아보기 전부터 알고 있는 사실이었어요. 배양액이 담긴 유리병에 보관된 좁쌀 모양의 작고 붉은 진핵생물. 자아가 없어서 눈도 없고 귀도 없이 받아들이는 모든 정보를 진동으로 받아들여 자동으로 저장하던 그 디자인된 인공생명 말이죠."

"'붉은 피터'가 왜?"

"박사님, 박사님은 천재가 맞아요. 당신은 괴사한 뇌 조직을 대체하고 체내에 기생해 뇌의 역할을 대신할 정보를 받아들이는 진핵생물을 만드셨죠. 저는 기억합니다. 어떻게 기억하는지는 묻지 마세요. 하여간, 이미 정보가 받아들여지고 있던 '붉은 피터'가 썩어 가는 뇌에 안착해 괴사한 조직을 먹으며 커져 해파리처럼 부풀어 오르며 ███████ 라는, 아니다. 어차피 생전 이력은 계속 검열될 테니 여러분 편하게 A군이라 하죠. A군이라는 자아와 합쳐지며 진동으로 정보를 저장했던 그 모든 게 시청각화되었으니까. 여러분이 연구실에 틀어 두던 옛날 노래들을 나는 아직도 기억해요. 재즈라든지 R/B라든지 말이에요. 배양을 좀 더 즐겁게 하기 위해서였겠지만 불평을 좀 하자면, 더 코데츠의 「Mr. Sandman」은 얼마나 많이 틀어 줬는지 가사를 다 외웠어요. '샌드맨 선생, 나를 꿈꾸게 해 줘요.' 흠흠."

A군은 정말 노래 가사를 흥얼거리기 시작했다. 그런 그를 보던 소장은 잠시 정신이 나갈 것 같았다. 사실 방 밖에서 이 상황을 지켜보는 모두가 그러할 것이다.

"지금 그 말은, 자네는 자네 말고 다른 인격이 있다는 건가?"

"다중인격 같은 게 아니에요. 나라는 자아는 있죠. 나 안에 '붉은 피터'로서의 삶도 포함되었다는 거지만요. 나는 인간인 A군과 '붉은 피터'인 셈이죠. 하지만 나는 나예요. 사망 전 인간으로서의 삶도, 배양액에서 떠돌던 '붉은 피터'로서도 말이죠. 간단하게 설명해 드리고 싶지만 간단하게 설명할 수 있었다면 박사학위를 받았겠죠."

"그래서 '붉은 피터'와 자네의 상황이 어땠길래 이곳에서 나가게 됐는지 그리고 어디로 갔었는지 말해 주겠나?"

"죄송해요. 말이 좀 조리가 없었네요. 어쩔 수 없어요. 좀 정신이 없이 말하는 게 제 평소 말버릇 같더라고요. 아무튼, 답을 하자면, 첫 번째로 진동으로 받아들였던 음악들을 듣고 싶었고, 두 번째로 나는 여러분들이 원하는 성공담이 될 수 없을 거란 확신 때문이었죠. 이게 바로 나간 이유이자 어디를 갔는지 알려 주는 두 가지 대답이죠. 정말 좋은 재즈 공연은 다 다녀 본 것 같아요. 괜찮았던 공연 하나 추천해 드려요?"

"잠깐, 공연 다녀온 이야기는 나중에 해도 되고 '성공담이 될 수 없다'라는 말은 무슨 소리지?"

"정말 몰라서 물으시는 거예요? 잘 들어 보세요. '붉은 피터' 가 내 괴사한 조직들을 먹어 정보를 축적하고 자라날 양분을 얻어 자리를 잡아 가면서 실핏줄 같은 촉수가 체내의 신경과 연결되어, 나는 A군이자 붉은 피터였고 둘 다 아닌 존재가 되어 버린 거예요. 내가 알고 있는 '소생학회'의 궁극의 목적은 죽은 자의 소생이잖아요? 난 소생이 아닐 가능성이 큰데요? 누가 나를 A군이라 확정 지을 수 있는데요? 기억? 붉은 피터의 기억도 있어요. 자아? 자아의 기본 바탕은 분명 A군이겠죠. 하지만 그걸 어떻게 증명해요? 어떻게 평범한 사람이 인간으로서 자아와 체내에서 일어나는 모든 감각을 다 이해할 수 있냐고요. 난 소생한 게 아닐 수도 있어요. 아니면 뭐예요? 수백 년간의 아집과

고집으로 소생을 원해 왔는데 그냥 통 치시게요? 난 그렇게 안 보는데?"

그의 말이 옳았다. 그라는 존재는 '소생학회'가 원하는 '소생' 인지, 새로운 존재로 '탄생'한 것인지는 아직 알 수가 없었다. 어디까지나 '소생학회'가 원하는 것은 소생이지 탄생이 아니다. 죽음에서 돌아온 인간이 있다면 과거의 유무는 상관없을지도 모른다. 하지만 '소생학회'에선 죽음에서 돌아온 자아의 주체성 이 다르다면 이는 새로운 탄생이지, 죽음을 이겨 냈다고 할 순 없다고 믿었다. 무엇이 다른가 하고 생각할 순 있어도 그 누구 든 수백 년간 이어온 아집을 이길 순 없는 것이다. 긴 침묵에서 그는 자신의 생각이 옳다는 것을 느꼈다.

"거봐요. 저는 말이죠. 이 혼란스럽고 알 수 없는 내 정체성을 지키고 싶었어요. 당신들과 다르다고 배제당하거나 살해당하 기 싫었다고요. 왜 내가 그런 꼴을 당해야 하죠? 나도 나를 모 르는데 당신들은 얼마나 안다고? 어쩌면 나는 지금 당신들 마 음속 어딘가에 생각하고 있듯이 정신병에 걸린 걸 수도 있어요. 우직한 선의로 고쳐 주겠다고 전환치료 같은 걸 할 수도 있겠 죠. 사실은 나도 모르게 이식받은 기생충에 감정이입을 하는 경 계성 인격 장애를 겪고 있는지 몰라요. 그런데도 지금 이 혼란스러운 이 정체성이야말로 나라는 걸 알아요. 사람인지 기생충인지 알 게 뭡니까. 나라는 존재로서 자신을 깨닫고 있으면 그만인데. 차라리 음악을 한 시간 더 듣는 게 생산적인 활동일 겁니다. 그래서 그런데 정말 좋은 공연 추천받을 생각 없어요?"

정신없는 선언문을 듣는 것만 같았다. 소장은 한숨을 크게 내쉬고 마지막으로 묻고 싶은 말을 물었다.

"그럼 왜 돌아왔나? 원하는 음악이나 듣지."

"「Mr. Sandman」 때문이죠."

"뭐?"

"그렇게 틀어 놓고도 노래 가사도 기억 안 나요? 꿈을 꿀 수 있게 해 달라잖아요. 아름답게 꾸미고 좋아하는 사람과 사귀고 행복한 삶을 살고 싶다잖아요."

"제발 이해할 수 있는 말을 해 보게."

A군은 갑자기 말을 바꿔 말했다.

"그거 알아요? 밖에서 생활하려면 돈이 필요해요. 돈을 버는 건 머리만 굴리면 쉽게 벌리긴 하더라고요. 물론 여러 가지 운이 뒷받침돼야 하겠지만요. 돈은 여러 가지를 가능하게 하죠. 오페라의 가장 좋은 자리를 살 수도 있고 '완벽한 자유'를 위한 준비도 할 수 있게 도움을 주죠."

소장은 마지막 문장에서 의미심장함을 느꼈다.

"완벽한 자유?"

이런 상황에서 A군은 차분하게 말을 이었다.

"지금 이 장소는 밖과 완전히 밀폐된 곳이죠. 공기도 따로 필터를 통해 외부와 연결된 상태고요. 들어오실 때 보니까 문 자체가 틈이 없이 닫히던데 말이죠. 과연 문밖에는 사람들이 있을까요?"

"제대로 대답하게! 뭘 한 게야."

"제 콜라 캔을 안 땄다면 좋았을 텐데요. 뭐 누군가 안 땄어도 지금쯤 터지게 되어 있었으니까요. 지금쯤 시설 전체로 수면 가스가 퍼지고 있을 거예요. 의심스럽다면 문을 열어 보셔도 좋아요. 푹 주무실 수 있을 겁니다. 언제 일어날지는 알 수 없겠지만요. 아니면 가스가 완전히 사라지는 30분간 이곳에 있을 수도 있죠. 그 전에 저한테 한 대 맞지 않는다면 말이죠."

소장은 황망히 문이 있을 장소를 바라보다 뒤를 돌아보자 구속 장치를 풀어 헤친 A군이 다가오는 걸 알았다. 하지만 A군이 그의 턱을 후려칠 때까지 제대로 된 생각을 못 하다 얻어맞고 쓰러졌다.

"한 방에 쓰러트릴 땐 턱을 치는 것만큼 좋은 것도 없다는 것도 밖에서 배웠어요. 30분간 심심하니까 계속 이야기를 하자면 세상에 나 혼자면 너무 외롭잖아요. 제가 이 연구소에서 배양된 '붉은 피터'가 더 있다는 것도 알고 있거든요."

그는 쓰러진 소장에게 계속 이야기를 하듯 말했다. 그리고 30분 동안, 쉴 사이 없이 훌륭한 재즈 공연을 본 것에 대해 자랑을 하다가 시간이 지난 걸 알고 쓰러진 소장의 품에서 아이디 카드를 손에 넣고 문을 열었다. 그리고 수많은 사람들이 널브러진 복도를 지나 연구실에 들어가려고 카드키를 댔다.

연구실 안에는 열세 개의 배양용 통이 있었다. 모두를 챙기고 두리번거리다가 구석에 있는 축음기를 발견했다. 축음기에는 더 코데츠의 「Mr. Sandman」 앨범이 있었다. 바늘을 올리고 재생하자 연구실 전체로 노래가 퍼져 나갔다. 그는 배양용 통을 챙기고 노래를 흥얼거리며 언제 다시 깰지 모르는 사람들이 널브러진 연구소를 나섰다. 열세 마리의 '붉은 피터'를 세상에 나서게 하고자 했다. 그들도 자신처럼 혼란스럽지만, 자신만의 자아를 깨달을까? 아니면 '소생학회'가 원했던 소생을 할 것인가? 완전히 새로운 자아로 다시 깨어날 것인가? 알 수 없지만 그건 그들의 몫이다. 바라건대, 자신의 정체성을 결정하는 건 자신뿐이라는 걸 알아 주기만을 바랄 뿐이다.

"'샌드맨 선생, 나를 꿈꾸게 해 줘요.' 흠흠. '여태껏 봤던 무엇보다도 그를 귀엽게 만들고 장미와 클로버 같은 입술을 그에게 주세요.' 딴딴 흠흠. '그리고 그에게 이제 외로운 밤들은 끝났다고 해 주세요.' 흐흐흠 흐흠."

작가의 말

사실, 인간의 역사는 스스로의 정체성을 유지하기 위해 싸워온 순간들이었지요. 크게는 '나' 자신을 잃지 않기 위해 얼마나 많은 사람들이 모임과 시위를 지속하고 있는지 생각해 봐요. 작게는 부모님들의 의지와 맞부딪쳐 자신의 의지를 지키려는 여러분도 있겠죠. 이 글에서 주인공은 자아가 스스로 흔들리는 상황에서도 지금의 정체성을 가지고자 자신을 만든 사람들과 대립하잖아요? 이 화두를 쓰기 위해 비밀결사와 크리처라는 오락소설의 클리셰를 가져다 썼지만, 다만 보시고 '자신'을 지키고 있는지에 대해 고민해 봤으면 합니다.

6 — 떡볶이 집의 불사신

곽유진

요즘 내 관심을 끈 것은 다이어리 꾸미기도 네일 아트도 아니다. 그것은 떡볶이 집 아줌마의 정체다. 전국에 떡볶이 집이 수백 개는 있을 테고, 떡볶이 집 아줌마도 수백 명은 있을 것이다. 그런 떡볶이 집 아줌마의 정체를 궁금해하다니…… 떡볶이 집 아줌마에게 정체라고 할 만한 놀라운 무언가가 있느냐고? 그것을 알아내서 무엇하냐고 누군가가 무심한 핀잔을 줘도 어쩔 수가 없다. 이 세상엔 설명할 수 없는 일들이 종종 있고 그 반대편에는 그것들의 진실을 밝혀내야만 발 뻗고 잘 수 있는 나 같은 별종들이 있기 마련이니까. 실은 쓸데없는 호기심으로 열네 살 인생을 낭비 중이란 뜻이다.

1학기가 시작된 지도 막 한 달이 됐을 무렵, 그날도 태효와 함께 미술 학원 앞에서 소유를 기다리고 있었다. 미술 학원 건물 맞은 편 극장가엔 언제나처럼 사람들이 가득했다. 소유가 예술 고등학교 입시용 그림을 눈이 시뻘게질 때까지 그리고 나오면 우린 항상 떡볶이 집으로 향했다. 미술 학원 건물 1층에 있는 떡볶이 집은 전국에서도 알아주는 떡볶이 맛집이었다. 이곳에서 떡튀순 세트를 먹는 것은 누가 정하지도 않았는데 언제부턴가 우리 '왕립 SF 연구학회'의 금요일 주간 행사가 되었다. 유달리 늦어지는 소유를 기다리다 지친 우리가 먼저 떡볶이 집에 들어가 언제나 먹던 떡튀순 세트를 주문했다. 태효는 떡볶이 양념에 푹 찍은 순대 한 점을 씹으면서 말했다.

"바닷가재는 노화로는 죽지 않는대. 유전자와 세포가 아무리 분열해도 늙지를 않는다고 하네."

나는 김말이튀김을 씹으면서 맞장구를 쳤다.

"맞아, 나도 웹진에서 봤어, 늙지 않는 생명체라니! 생각난 김에 우리 이번 일요일엔 같이 뱀파이어 영화 같은 거라도 볼까?"

태효 같은 모범생은 일요일에도 공부에 올인 한다는 걸 뻔히 알면서도 그런 말을 한 게 조금 민망했다. 나처럼 주말을 허투

루 보내는 멍청이가 아닌데 말이다. 마침 옆 테이블을 치우던 아줌마가 우리 대화에 끼어드는 바람에 표정을 들키지 않을 수 있었다.

"바닷가재는 늙어 죽지 않는다고?"

그 말에 태효는 순대와 떡볶이를 씹다 말고 신이 나서 대답했다.

"네! 네! 모든 생명체는 살아 있는 동안 끊임없이 세포분열을 하거든요. 유전자도 마찬가지고요. 그때 유전자들은 알 수 없는 이유로 조금씩 마모되는데 바닷가재는 그렇지 않대요. 그래서 애초에 늙지 않는대요."

아줌마는 태효의 모습을 신기하다는 듯이 바라봤다.

"너희들은 과학 말고 다른 과목은 안 좋아하니? 매일 그런 얘기만 하는 것 같더라."

나는 민망하게 웃으며 말했다.

"과학을 좋아한다기보다는 SF를 좋아하는 거예요."

하지만 태효는 나와 달리 과학 성적도 아주 좋다. 보너스로 수학까지 잘한다.

"SF라니, 우주선 나오고 외계인 나오는 그런 거? 아무튼 신기하다. 바닷가재는 안 늙어 죽는다니, 그런데 아줌마는 전생에 가재였나 봐. 내가 가재인 꿈을 자주 꾸거든."

아줌마는 테이블을 행주로 마저 슥 닦고는 주방으로 들어갔다. 우리가 재밌다는 표정으로 서로를 바라볼 때, 소유가 떡볶이 집 안으로 헐레벌떡 들어와 내 옆에 앉았다.

"김말이튀김, 누가 다 드셨나요?"

나는 눈을 흘기는 소유를 못 본 척하면서 엉뚱한 소리를 했다.

"전생에 가재였던 사람이면 이번 생에서도 안 늙어 죽는 거 아닐까?"

"으음, 아줌마가 전생에 가재였다면 그럴지도 모르지. 그 유전자의 특성이 인간에게서도 그대로 발현된다면 말이지. 아줌마 연세가 오십 대라고 들었는데, 그에 비해 워낙 동안이시긴 하지. 하지만…… 설마?"

태효는 장난스럽게 웃었다. 우리 둘이서만 웃기 민망하여 소유에게 방금 있었던 일을 들려줄 수밖에 없었다.

다음 날, 소유가 '왕립 SF 연구학회 어셈블!'을 단톡방에 외쳤다. 오늘은 또 뭐 하고 놀자는 것일까? 소유가 SF를 보고 즐기는 동호회나 만들자면서 'SF 연구학회'라는 이름을 제안했을 때 나는 그 이름이 너무 심심하다고 했다. 그러자 소유는 기다렸다는 듯이 그럼 '왕립 SF 연구학회'로 하면 된다고 말했다. 우리나라에 왕이 어디 있냐는 내 말에 소유는 한 번 더 기다렸다는 듯이 '내가 왕씨잖아. 그래서 왕립 SF 연구학회로 하자는 거지.'라고 대답했다. 이름만 보면 아주 욕심꾸러기 같지만 실상은 그렇지 않은 왕소유는 그런 밉지 않은 매력이 있는 친구였다. 저런 아이들만이 예술고와 미대를 준비할 수 있는 건지도 모르겠다. 그런 소유의 주도로 함께 SF를 읽거나 각자의 집에서 같은 영화를 틀어 놓고 채팅을 하는 것이 내 유일한 취미였다. 솔직히 말하자면 그게 그나마 주말을 유익하게 보내는 시간이기도 했다.

소유가 태블릿으로 우리에게 보여 준 것은 아주 낡은 사진이었다. 사진 속에는 꾀죄죄한 사람들이 총을 한 자루씩 메고 있었다. 모두 볼살이 파였고 체형도 지금보다 훨씬 왜소한 사람들이었다.

"우리 할아버지가 옛날에 사진관 하셨잖아. 예전엔 사진이 아주 귀해서 낡아서 부스러질 때까지도 가지고 있다가 사진관에 가지고 와서 새로 복사를 해 가곤 했대. 할아버지는 그런 사진들을 하나씩 더 복사해서 사진관에 걸어 놓곤 하셨지."

할아버지가 남긴 오래된 사진들을 스캔하는 것이 소유의 소일거리였다. 할아버지께서 치매로 기억이 점점 뿌옇게 변해도 당신이 찍으셨던 사진과 사진관을 찾아왔던 사람들만은 잊지 않으셨다. 그런 사진들을 할아버지가 돌아가신 후 그냥 없애는 것이 소유는 썩 내키지 않았다고 한다. 그래서 시간이 날 때마다 사진들을 스캔하여 디지털 자료로 만들었던 것이다. 몇몇 사진은 SNS에 올려서 화제가 되기도 했다. 일제 시대 경성의 전철 역 앞에서 입을 맞추는 연인의 사진 같은 것은 신문사에서 돈을 주고 기사로 내기도 했다. 역시 부지런한 화가 선생님이라니깐.

소유는 카페라떼를 한 모금 쭉 빨고는 말을 이어 갔다.

"이 사진 속 사람들은 아마 옛날에 독립운동을 하셨던 분들 같아. 사진 속에 우리 할아버지가 있는 것도 아니고 이걸 직접 찍으신 것 같지도 않으니 누군가가 복사를 맡긴 사진이겠지. 너희도 처음 보겠지만 나도 교과서나 책에서도 본 적이 없는 사진이었어. 그래서 이 사진을 한참 구글링 했지만 같은 사진을 어디에서도 찾지 못했어. 하지만 이 사진과 똑같은 날 찍힌 사진은 찾았어. 바로 할아버지가 남긴 사진들 중에 있었지 뭐야. (소유는 헛기침을 한 번 했다.) 이제 주목해 주세요 여러분."

소유는 검지를 세우고 말했다. 청중이라곤 나와 태효 둘뿐이었지만 새로운 작품이라도 발표하는 듯이 시선을 모았다.

소유는 우리 둘의 얼굴을 한 번씩 번갈아 보고는 태블릿 화면을 남겼다. 앞의 사진과 똑같은 사람들이 똑같은 장소에서 찍은 사진이었다. 다른 것이 있다면 우리에게 아주 낯익은 얼굴이 한 명 더 있다는 것이었다. 사진 속엔 떡볶이 집 아줌마가 지금과 똑같은 얼굴로 사진기를 들고 있었다. 내 입을 순간 틀어 막지 않았다면 아주 큰 비명이 카페 전체에 울렸을지도 모를 일이다.

"일단 우리가 세울 수 있는 가설은 크게 두 가지야."

태효는 티라미수를 한 입 먹고는 포크로 접시를 땡땡 때리며 말했다. 목소리는 침착하면서도 태효가 가진 특유의 끈기가 묻어났다.

"먼저 사진 속 그 인물, 떡볶이 집 아줌마일지도 모르는 그 인물을 앞으로는 포토그래퍼 X라고 하자고."

소유와 내가 태효의 진지한 목소리에 웃음을 참지 못했다.

"엑스맨의 프로페서 X 패러디야?"

우리의 웃음에도 태효는 어느새 볼펜을 꺼내서 냅킨에 숫자를 쓰기 시작했다.

"아무튼, 첫 번째 가설, 1번이라고 할게. 포토그래퍼 X는 떡볶이 집 아줌마와 아주 닮은 인물이다. 즉, 동일 인물이 아니라는 뜻이지. 그리고 두 번째 가설로서 2번은 동일 인물이라는 가설이야."

태효가 이해했냐는 눈빛으로 우리를 번갈아 봤다.

"여기서 1번을 또 세부적으로 파고들 수가 있어. 1-1번, 동일 인물은 아니지만 포토그래퍼 X가 아줌마의 조상이라는 거지. 할머니의 할머니를 쏙 빼닮았을 수도 있으니까. 그리고 1-2번, 이건 좀 재밌어. 동일 인물도 아니고 조상도 아니지만 유전적으로 동일한 인물이라는 가설이야."

"복제 인간 같은 걸까? 그렇다면 사진 속 포토그래퍼 X를 복제한 것이 우리가 아는 떡볶이 집 아줌마겠네?"

내 말에 태효도 고개를 끄덕였다.

"아주 흥미로운 의견이야. 그리고 1-3번, 아쉽게도 정말 우연히 닮은 인물일 수도 있어. 조상도 아니고 복제 인간도 아니지만 우연히 닮은 사람이라는 거지. 그럼 이제 2번, 동일 인물이라는 가설은 더 단순하면서도 흥미로워. 먼저 2-1번, 그 시절부터 아줌마가 지금까지 계속 살고 있다. 불사신 같은 존재라고 할 수 있겠지. 바닷가재처럼 늙어 죽지 않으니까 그 옛날부터 지금까지 계속 살고 있는 거야."

소유와 내가 오, 하고 낮은 감탄을 했다. 소유는 몸을 앞으로 더 당기면서 물었다.

"그렇다면 2-2번은 뭐야? 불사신이 아니라면 어떻게 90년 전 사진에 포토그래퍼 X가 찍힌 거야?"

"그건 딱 우리가 좋아하는 이야기 중 하나야. 2-2번, 포토그래퍼 X는 시간 여행자다!"

"빙고! 바로 그렇지!"

소유는 테이블을 쿵 내리치며 외쳤다. 목소리가 너무 컸던 탓에 카페 안의 시선이 우리에게 잠시 몰렸다가 돌아갔다. 태효는 숨을 한번 가다듬고 말을 이어 갔다.

"하지만 우리가 전혀 예상하지 못한 경우가 있을 수 있으니 그건 3번으로 남겨 둘게."

그날 우리는 끝내 결론을 내지 못했다. '제일 정확한 건 본인에게 물어보는 건데 말이야…….'라며 소유는 말꼬리를 흐렸다.

하지만 그날 이후로도 아줌마의 정체를 궁금해한 것은 나밖에 없는 것 같았다. 카페에서 돌아온 이후로 그 누구도 그 이야기를 다시 꺼내지 않았다. 나 혼자만이 쓸데없는 호기심에 사로 잡혀 있는 눈치였다. 어떻게 해야 아줌마의 정체를 알 수 있을지를 며칠째 내내 생각 중이었다. 이제 막 열네 살 난 중학생이 떡볶이 집에 달려가서는 '아줌마의 정체를 밝혀 주세요!'라고 물을 수도 없는 노릇이었다. 그랬다간 뉴스에 날 일이지. 왕립 SF 연구학회와 내 신상을 누군가가 인터넷에 올릴 것이다. 유튜버가 되겠다는 애들만 해도 우리 반에 한둘이 아니니 충분히 가능성이 있는 일이다. 엄청난 비웃음을 들을 미래가 4K 영상으로 눈앞에 어른거렸다. 그렇지 않아도 내 인생은 시궁창인데 난 왜 이런 거나 진지하게 궁금해하는 것일까. 왜 내 인생을 낭비하고 있는 것일까.

"그럴 리가 없어, 자네가 불사신이란 말은 믿을 수가 없구만!"

노트북 화면 속 교수는 소리를 버럭 질렀다. 교수에게 면박을 받은 주인공은 어깨를 한번 들썩이고는 어쩔 수 없다는 듯이 말했다.

"믿지 않으셔도 어쩔 수 없습니다. 제가 셀 수도 없이 많은 계절을 보냈다는 것은 사실이니까요. 교수님께서 다니셨던 고등학교의 설립자와 제가 친구라는 것도 벌써 증명했지 않습니까?"

주인공은 수백 년 전의 사건들을 맞추면서 자신이 불사신이라고 주장하고 있었다. 갑자기 나도 모르는 한숨이 길게 나왔다. 떡볶이 집 아줌마, 더 정확하게는 포토그래퍼 X의 정체에 대해서 한 달 내내 궁금해하다가 이런 영화까지 찾아보는 내 자신이 한심했다.

'이럴 시간에 할 수 있는 일이 얼마나 많은데 떡볶이 집 아줌마 정체나 궁금해하고 있을까?'

노트북을 닫아서 멀찌감치 밀어 버렸다. 책장에 꽂힌 문제집들이 나를 한심하게 나무라는 것 같았다. 공부 잘하는 모범생이 되긴 일찌감치 포기했다지만 내 자신이 조금 한심해서 가슴 한 켠이 울컥했다. 왕립 SF 연구학회 단톡방을 열고 시시한 농담이나 하려다가 그것마저도 한심해 핸드폰을 내려놓고 말았다. 예고로 진로를 벌써 정한 소유는 열심히 그림을 그리고 있을 테고, 정말로 반듯한 모범생인 태효는 수학 문제집을 풀고 있을 시간이다. 주말에도 이렇게 부지런한 친구들이 부러웠다. '왕립 SF 학회도 실은 다 나랑 수준 맞춰 놀아 주려고 만든 게 틀림없음. 떡볶이 집 아줌마 정체나 SF 같은 거엔 실은 다들 관심 없을지도……'라고 다이어리에 적었다. 입술이 삐죽 나오고 눈가가 뜨거워져서 난 밖으로 나왔다. 학원에서 한창 붓질을 하고 있을 소유가 괜히 보고 싶어졌다.

　소유는 삼각김밥을 씹어 먹는 동안 한 마디도 없이 내 투정을 다 들어 줬다. 난 소유와 태효를 향한 부러움과 자기비하를 마구 쏟아 냈다. 소유는 손가락을 쪽쪽 빨고 김밥 봉지와 우유갑을 구겨 쓰레기통에 버리고 나서야 입을 열었다.

　"나라고 고민이 없는 건 아냐. 예대는커녕 예고를 갈 수 있을지 없을지도 모르는데 이렇게 허구한 날 그림만 그리고 있잖아. 그것도 학원에서 정해 주는 대로 말야. 선은 이렇게 그려라, 소실점은 어떻다 저떻다 하면서 맨날 이상한 삼각뿔이랑 도형들이 날아가는 그림만 그리고 있는 걸. 이렇게 일요일에도 말이지. 이거 시켜서 하고는 있지만 꽤 불안하다고. 열네 살의 인생을 이루지도 못할 일에 올인 하고 있지 않나 싶어서 말야. 태효도 비슷한 생각 할걸?"

　우리가 앉아 있는 소파 뒤의 문이 열리더니 눈이 퀭한 우리 또래가 한 명 나왔다. 화장실로 가는 그 뒷모습을 소유는 한참 쳐다봤다.

　"떡볶이 집 아줌마가 정말로 불사신 같은 존재라면 그걸 알아내는 것도 나쁘지 않잖아. 네가 그 불사신의 첫 인터뷰어가 되는 거지. 그거야말로 엄청난 일 아니야? 그런 것에 비하면 나야말로 내 인생을 낭비 중인 게 아닐까 싶어……."

소유는 혼잣말인지 내가 들으라고 한 말인지 알 수 없을 정도로 나지막한 목소리로 말했다.

삼각김밥과 우유를 급하게 먹었는지 소유는 명치를 주먹으로 쿵쿵 치면서 나를 배웅했다. 하지만 집으로 돌아갈 생각은 들지 않았다.

학원 앞 극장가에는 사람이 평소보다 더 많았다. 과거와 미래를 오가는 SF 액션 영화를 보러 온 사람들이겠지. 그러고 보니 이 거리를 혼자서 와 본 건 또 처음이었다. 매일 태효와 소유와 어울려서 다녔지 혼자서 걸어 보는 건 정말 처음이었다. 한편으로는 둘에 대해서 내가 얼마나 알고 있는지 궁금했다. 이 학원이 많은 거리를 태효와 소유는 혼자서 무슨 생각을 하며 오고 갔을까? 떡볶이 집 아줌마의 정체를 궁금해하는 쓸데없는 호기심으로 열네 살을 보내는 나처럼 매일 어깨가 처지는 느낌이었을까? 그런 생각을 하면서 내 발걸음은 떡볶이 집 안으로 향했다.

"아줌마 혹시 불사신이세요?"

무슨 용기가 생긴 것일까? 소유와 태효가 곁에 없는데도 혼자서 그런 당돌한 질문을 던졌다. 떡볶이 집에 들어가서는 언제나처럼 떡튀순 세트(이번엔 1인분)를 시켰다. 그러고는 잠시 후 떡튀순이 담긴 접시를 내려놓는 아줌마에게 그렇게 물어 보고 만 것이다. 아줌마 혹시 불사신이세요?라니, 내 머릿속이 순간 이상해진 것이 틀림없다. 내 입에서 그 따위 말이 로켓처럼 발사되어 아줌마의 귀로 날아가 꽂혔다. 조금 더 예의 바르고 세련되고 물을 수도 있었잖아! 하면서 후회를 하기엔 너무 늦었다. 하지만 아줌마는 눈도 깜빡이지 않고 말했다.

"정말 궁금하니? 내 정체가."

난 대답 대신에 고개만 끄덕였다. 아줌마의 목소리는 평소와는 다른 무게가 있었다.

난 침을 꿀꺽 삼키고 잔뜩 겁에 질려 있을 수밖에 없었다. 솔직히 아줌마가 해코지를 할 것 같지는 않았지만 내가 무례한 것은 사실이니까. 아줌마는 곧 마감 시간이니 조금만 기다리라고 했다. 아줌마가 남은 어묵 국물을 버리고 설거지를 하고 행주를 탁탁 털면서 콧노래를 불렀다. 열네 살 인생 중 제일 용감한 일을 저질렀지만 내 마음과는 별개로 한 입도 먹지 않은 떡튀순 세트는 딱딱하게 식어 가고 있었다.

"그래, 우리 단골손님이 내 정체가 궁금하다고?"

아줌마가 맞은편에 앉으면서 말했다. 정작 아줌마가 앞에 앉으니 마음이 편안해졌다.

"네, 아주 오래된 사진 속에서 아줌마를 봤어요. 닮았다고 생각하기엔 솔직히 아줌마 본인이신 것 같아요."

어찌나 침착한지 스스로도 깜짝 놀랄 정도로 차분하게 대답했다. 조금 어른이 된 것 같았다. 난 핸드폰을 내밀었다. 아줌마와 독립군이 함께 찍은 그 사진을 화면에 보여 드렸다. 아줌마는 옅은 미소를 띠며 말했다.

"이 사진 정말 오랜만이다. 어디서 났는지는 묻지 않을게. 잊을 만하면 수십 년마다 한 번은 있는 일이니까. 그래, 그 사진 속은 내가 맞아."

"그렇다면…… 뱀파이어처럼 늙지 않는 불사신인 거예요?"

아줌마는 나긋나긋한 목소리로 이야기를 들려줬다.

"그건 아니야. 나도 매일 매달 매년 늙고 있거든. 단지 남들에 비해 조금 느릴 뿐이야. 문제는 다섯 배 정도로 느리단 거지. 난이제 오십 대쯤 된 게 아닐까 생각해. 이렇게 말할 수밖에 없는 건 단지 추측이라서 그래. 이제 250년쯤 산 것 같거든. 웃기지? 자신이 몇 살인지도 모르는 존재라니. 내가 남들과 다르다는 것은 가족들이 먼저 알았어. 태어난 후 몇 년이 지나도 갓난아기에서 자라질 않았으니까. 서양이었다면 악마의 아이라고 했을지도 모를 일이야. 어렴풋한 기억을 되살려 보면 이곳저곳으로 버려지면서 자랐어. 우투리 전설 들어 본 적 있지? 내가 갓난아기였을 때 나 같은 아이들이 전국에서 많이 태어났나 봐. 내가 가 본 적도 없는 곳에서도 그런 이야기가 있었으니까. 우리 중에 용감한 아이들은 우투리니, 아기 장수니 하는 이름으로도 불렸던 것 같아. 걷고 말하기 시작할 땐 이미 어지간한 어른만큼 똑똑했으니까. 그럴 수밖에 없었지. 겉으로 보기엔 일곱 살이어도 이미 삼십 년을 넘게 살았으니까. 그땐 평균 수명이 서른 살이었거든. 그러니 일곱 살의 몸이라도 이미 평생을 산 셈이었어. 그때부턴 내 발로 이곳저곳을 떠돌며 살았어. 영원히 자라지 않는 아이의 모습이니 어디에서도 오래 머물 수 없었지. 물론 나는 내가 조금씩 나이 들고 있다는 걸 알았기 때문에, 나 같은 아이들이 세상 어디엔가 있을 거라 생각하며 떠돌았어. 200년 전 세상이었으니 고생은 말도 못 하지. 그래도 운 좋게 나와 같은 아이들을 만나기도 했었어. 부랑아들이 모인 곳에서 우리는 서로를 금세 알아봤지. 어디에도 섞이지 못하는 눈빛을 가지고 있었으니까. 굶주린 시대에도 아이들은 금방 키가 크고 성장했지만 우린 아니었어. '넌 몇 살이야? 난 오십 년쯤 산 것 같아. 아, 너도 그렇다고?' 그렇게 생긴 친구, 혹은 동료들과 또 무리를 이루고 다닌 적도 있었어. 열 살짜리 아이들을 해코지하고 이용해 먹으려는 어른들이 있었지만 우리는 사실 그들보다 나이가 많잖아. 우리가 역으로 골려 준 적도 있었지. 나와 친구들이 50년쯤 살았을 때, 그러니까 겉으로 보기엔 나이 겨우 열 살 즈음일 때, 우린 흩어지기로 했어. 쉰이면 지천명이라고 하잖아. 겉보기로는 열 살 된 아이들이 이제 하늘의 뜻이 무엇인지 알아야겠다며 각자의 삶을 찾아서 떠난 거지."

아줌마는 깊은 한숨을 내쉬었다. 이야기를 듣고만 있던 내 목이 오히려 타들어 가고 있었다.

"그래서 아줌마도 무언가를 찾으러 떠나셨나요?"

"그럼, 50년이나 살았으니 무엇이든 할 수 있겠다 싶었지. 하지만 난 참 잘하는 게 없는 아이였어. 게다가 그땐 더더욱 어린 아이 — 그땐 청소년이라는 말도 없었어. 그냥 아이였지 — 에게 주어지는 기회 같은 건 없었으니까. 시장을 떠도는 장사꾼들을 따라다니면서 이 패거리에서 한두 해, 저 패거리에서 한두

해 의탁하고 살며 난 무엇을 할 수 있을까 찾아다녔지. 그때 내 혼을 쏙 빼 놓은 것이 전기수와 광대들이었어. 전기수가 부채를 펼치면서 풀어놓는 이야기와 광대의 재주는 몇 십 년을 봐도 물리지 않는 거 있지. 나도 그렇게 되고 싶었어. 전기수의 부채에, 광대의 가면에 나를 감추고 전국팔도를 떠돌면서 수십 년간 보고 들은 이야기들을 풀어놓고 싶었어. 맞아, 불사신과 광대는 닮았어. 배우들의 젊은 시절은 영화 속에 영원히 박제되니까 말이야. 그렇게 광대가 되기엔 재주가 부족하더라고. 줄타기를 배워 보려 했지만 엉망이었고 공중제비를 돌 수 있는 것도 아니었어. 이렇게 단골손님 한 명 앞에서나 말을 잘하지, 사람들이 조금이라도 모인 장소에선 식은땀이 뻘뻘 났어. 난 아무것도 못 하는 겁쟁이라는 절망에 빠졌었지. 중2병을 다섯 배로 길게 앓았다고나 할까. 또 시간은 흘러 전기가 들어오고 철도가 놓이는 시대가 되었어. 광대와 전기수가 사라지고 사진과 영화가 등장한 거야. 그때 어쩌다 보니 사진을 배우기도 했었어. 내가 찍힌 사진도 그맘때 것이야. 지금처럼 사진이 흔한 시대도 아니었지. 그런데도 운 좋게 사진을 배웠어. 사진을 붙잡고 있으면 사진기 뒤가 아니라 사진기 앞에 서는 배우가 될 수 있을 거라는 대책 없는 희망을 가진 것도 같아. 전기수와 광대에서 배우로 꿈이

옮겨 간 거지. 이제 와 생각해 보면 사진기를 핑계로 배우가 될 용기가 없는 나를 감췄던 것 같아. 참 보잘것없는 불사신이지? 독립운동가들과 뜻 같이하려고 사진을 찍었던 것도 아니었어. 그저 배우에 도전할 정도의 용기도 없는 불사신이었어. 영화나 소설에서 보면 뱀파이어나 불사신들은 잘하는 것도 많잖아. 힘도 세고 아는 것도 많지. 오랜 세월 동안 쌓인 안목도 많아서 예술도 잘하고 그러잖아. 역사 속 많은 일들에 휘말려서 세상을 지키기도 하지. 난 그렇지 않았어. 정말로 잘하는 것은 아무것도 없는, 그래 아무것도 잘하는 것도 없고 숨어만 있는 용기 없는 불사신이었어."

나는 울컥하는 마음을 참지 못하고 말했다. 아무것도 잘하는 것이 없는 불사신이라니, 내가 대신 속상한 기분이었다.

"그래도 아줌마의 떡볶이는 전국 최고란 말이에요."

불사신에게 어울리지 않는 칭찬이었다. 왜 그딴 말이 또 나왔을까, 왜 내 눈에선 눈물이 뚝뚝 떨어지고 있었을까. 떡볶이 집 밖으로는 어느새 해가 지고 있었다. 다른 상가의 간판마다 하나 둘 불이 켜지고 있었다. 우린 아무 말도 없이 밖을 보고 있었다.

"이제 극장이 보이는 떡볶이 집에서 이렇게 살고 있는 것도 사실, 내 마음속 깊은 곳에선 그 꿈을 버리지 못해서인지도 모르지. 그렇다고 해서 이 삶을 하찮게 보진 않아. 학원가를 뛰어가는 아이들을 보면서 저 아이들은 또 어떤 삶을 살까 생각해보는 재미도 있거든. 물론 우리 단골손님도 그런 아이들 중 한 명이고 말이야. 그런 손님이 오늘은 혼자 가게에 와선 대뜸 엄청 용감한 질문을 하니 놀랐지 뭐야."

그때 핸드폰의 알람이 울렸다. 태효가 메시지를 보낸 모양이다. 날 걱정한 소유가 태효에게도 몰래 한마디를 한 눈치였다.

"저는요…… 소유처럼 무언가를 열심히 하고 있지도 않아요. 태효처럼 공부를 잘하지도 않고요. SF나 좋아하고 미스터리한 이야기나 좋아하고 그래요. 그저그런 열네 살을 살고 있어요."

아줌마는 웃으면서 말했다.

"나도 겨우 이런 이백쉰 살을 살고 있잖아. 그 긴 삶에서 크게 깨달은 바도 없어서 해 줄 수 있는 좋은 말도 없네. 하지만 우리 단골의 용기를 보니까 나야말로 살짝 감동받았는걸."

아줌마는 그렇게 말하며 내 손에 자기 손을 덮어 줬다.

다음 주, 소유가 놀란 목소리로 떡볶이 집이 문을 닫았다고 알려 줬다. 아줌마랑 마지막 인사도 못 했는데 갑자기 가게를 닫았다고 태효도 아쉬움을 감추지 못했다. 나는 놀라지도 아쉽지도 않았다. 다만 차마 표현할 수 없는 미안한 마음이 내 가슴을 꾹 누르고 있을 뿐이었다. 아줌마의 정체를 내가 알아 버려서 떠나신 걸까? 아줌마와 나눈 대화를 소유와 태효에게 말할 수도 없었다. 다만 그날 아줌마가 내 손을 잡으며 했던 마지막 말만이 귀에서 계속 맴돌고 있었다.

"카메라 뒤에 숨지 않고 극장을 멀리서만 지켜보지만 말아야지 하는 다짐은 오랫동안 하고 있었어. 그런데 그 다짐을 넘어서는 용기가 우리 가게 문턱 정도의 높이일지도 모르겠다는 생각이 방금 들었어. 난 앞으로도 다섯 배는 느린 속도로 늙어 갈 테지. 그러다 보면 언젠가 오늘 열네 살이었던 누군가와 동갑이 되는 날도 올 거야. 그때 어디선가 그를 만난다면 그땐 좋은 이야기를 들려줄 수 있으면 좋겠어. 그땐 그도 내게 정말 좋은 이야기를 들려줄 것 같거든."

작가의 말

햄스터 두 마리와 함께 산 적이 있습니다. 이 동물 친구들의 수명은 겨우 이 년에서 삼 년 정도지요. 그에 비하면 수십 년을 사는 인간은 햄스터 입장에선 불사신이나 마찬가지일 거예요. 저는 그 햄스터들에게 어떤 불사신이었을까요? 그들은 저를 어떻게 생각했을까요? 하지만 불사신은 생각보다 하찮은 존재였어요. 햄스터가 태어나고 죽는 동안 소설이나 겨우 몇 편 쓸 수 있었으니까요. 가슴속에 오랫동안 맴돌던, 아니 앞으로도 계속 맴돌 생각을 작품에 녹여 봤습니다.

7 — 세상에 나쁜 쇼고스는 없다

홍지운

철수에게는 큰 고민이 하나 있었다. 그 고민이란 며칠 전, 동네 하천에서 주워 온 쇼고스가 말을 듣지 않는다는 것이다. 쇼고스는 철수를 좋아하지만 철수가 하지 말라고 한 일을 저지르는 경우가 많았다.

"으아아악!"

그러니까 지금 이 순간처럼, 쇼고스는 툭하면 철수의 아버지를 허리까지 집어삼키고는 했다는 이야기다.

"쇼고스! 안 돼! 그러면 때찌야! 맴매! 촉수 집어넣고 이빨도 꺼내지 마!"

쇼고스는 일억 년도 넘을 정도로 오랜 시간 전, 우주 저 멀리

에서 지구를 찾아온 외계인들이 만든 고대 생명체 종족을 가리
킨다. 이들은 평소에는 초록빛으로 끈적거리는 젤리 덩어리처
럼 생겼지만 필요에 따라 그 몸과 크기를 자유자재로 바꾸면서
팔이나 다리를 만들어 내기도 한다.

얼마 전까지 쇼고스들은 외계인들이 지구를 떠난 뒤 빙하 속
에 갇혀서 지냈지만, 지구온난화로 인해 얼음이 녹아 몇몇이 지
표면으로 빠져나오는 데 성공했다.

철수가 우이천에서 주워 온 이 쇼고스 역시 탈출에 성공한
무리 중 하나였다. 하지만 철수는 쇼고스에 대해 잘 알지 못했
다. 위의 정보조차 철수가 쇼고스를 줍고 난 한참 뒤에야, 그것
도 인터넷에서 검색해서 알아냈다.

"나쁜 쇼고스! 사람을 먹는 쇼고스는 나쁜 쇼고스야!"

철수는 어떻게든 쇼고스가 아빠를 통째로 삼키지 못하도록
막으려고 애썼다. 아빠의 바짓가랑이를 붙잡고 쇼고스가 꿀꺽
목에 넘기지 않도록 안간힘을 썼다. 쇼고스는 이미 서른일곱이
나 되는 사람들을 그 배 안에 삼킨 바 있다. 철수는 아빠가 서른
여덟 번째 희생자가 되길 바라지 않았다.

퉷!

쇼고스는 마지못해 철수의 아빠를 뱉어 냈다. 철수의 아빠는

쇼고스의 침과 위액으로 범벅이 되어 정신도 차리지 못하고는 헐떡거리는 숨만 내쉴 뿐이었다.

"철수, 쇼고스는 네가 주워 왔으니 네가 제대로 돌봐야만 하지 않겠니?"

한참이 지난 뒤, 철수의 아빠는 겨우 평정심을 찾은 뒤에야 이렇게 철수를 타일렀다. 철수로서는 할 말이 많았다. 철수는 열두 살이다. 열두 살은 길가에서 굶고 있는 동물을 보고 동정해서 집으로 데려오기는 쉽지만, 그 동물을 보살피고 챙기기에는 어려운, 그런 복잡하고도 미묘한 나이이지 않은가. 하지만 그러거나 말거나, 쇼고스에게는 돌봐줄 사람이 필요했다. 그게 문제였다.

"철수 오빠가 돌봐."

"왜 나만 돌봐야 하는데? 쇼고스를 처음 발견한 사람은 영희, 바로 너잖아."

철수는 두 살이나 어린 동생, 영희가 얄미워서 눈에 힘을 팍 주고 노려보았다. 물론 영희는 두 살밖에 많지 않은 오빠가 노려보거나 말거나 별다른 신경을 쓰지 않는다. 초등학교 고학년이 되었더니 눈이 나빠지기라도 했나? 정도의 생각이나 할 뿐.

그래서 철수는 그런 영희가 두 배 정도 더 얄밉다.

철수는 아빠한테 쇼고스를 좀 더 세심히 돌보라는 이야기를 들은 뒤 영희의 방으로 가 도와 달라 부탁했다. 하지만 영희는 매몰차게 고개를 돌리면서 철수의 요청을 거절했다.

영희가 쇼고스를 싫어하는 것도 아니다. 영희는 쇼고스를 예뻐한다. 쇼고스도 철수보다 영희를 더 좋아한다. 심지어 영희를 따르기까지 한다. 철수가 하는 부탁에는 휙, 하고 거품과도 같은 눈을 터뜨려서 무시하고는 했는데도 말이다. 그런데도 영희가 아닌 철수가 쇼고스를 돌봐야 한다니. 철수는 억울했다. 어디까지나, 영희의 다음 주장을 듣기 전까지만 말이다.

"나는 학원만 세 개에 과외가 하나 그리고 축구 동아리까지 있잖아. 철수 오빠는 스마트폰 게임만 다섯 개에 컴퓨터 게임이 둘 그리고 보드게임 동아리를 하고."

철수는 분하게도 영희의 지적이 타당하다고 생각했다. 속상한 노릇이었다. 어느새 쇼고스가 몸을 액체처럼 바꾸고는 닫힌 문 틈 사이로 스며 들어와 영희의 품에 안겼다. 영희도 자신의 품에 안긴 쇼고스의 이마인지 등인지 모를 부위를 쓰다듬으면서 쇼고스를 반겼다. 철수는 이제 세 배로 속이 상했다.

"무엇보다 내가 쇼고스를 발견한 건 맞지만 쇼고스를 집으로 데려온 건 오빠였잖아. 쇼고스와 함께 살 수 있게 아빠도 엄마도 설득하겠다고 한 사람도 오빠였잖아."

"하지만 어쩔 수 없었어. 쇼고스는 이렇게나 귀여운걸!"

철수는 영희의 품으로부터 쇼고스를 뺏어다 꼭 껴안으려고 했다. 쇼고스는 갑작스레 철수가 자신의 몸을 붙잡자 깜짝 놀라서는 몸을 수천 마리의 거미처럼 잘게 나누어서 그 품을 빠져나왔다. 철수는 혀를 차고는 다시 영희의 품에 돌아간 쇼고스를 노려볼 수밖에 없었다.

"철수 오빠, 쇼고스가 귀여워서 데려왔을 뿐이라는 것은 책임을 피할 수 있는 변명이 아니야. 오히려 더 큰 책임을 부르는 말이라고. 그러니까 쇼고스를 데려온 사람으로서 책임감을 가져."

철수는 분하게도 영희의 지적이 타당하다고 생각했다. 이번에도. 아니, 언제나와 마찬가지로. 그리고 그 뒤를 이은 영희의 또 다른 지적도 역시 타당했다. 그리고 철수의 속이 네 배로 속상하게 만들기까지 했다.

"안 그랬다가는 아빠가 쇼고스를 SCP 재단으로 보내 버릴지도 몰라. 그러면 쇼고스는 철창 안에 갇히고 희귀한 고대 생명체 표본이 되어서 온갖 실험의 대상이 된 채 우리 집을 그리워하게 될 거야."

철수는 한숨을 내쉬었다. 철수는 아빠가 그럴 사람이 아니라고 믿는다. 하지만 그럴 사람이 아니라는 것을 믿고 있다고 해도 그 믿음이 깨지지 않으리라 보장이 되는 것도 아니었으니, 한숨이 나올 수밖에 없었다.

영희가 학원으로 간 뒤, 철수는 쇼고스와 함께 거실에 앉아 TV를 보았다. 하지만 TV에서 나오는 내용이 전혀 머리에 들어오지 않았다.

그 내용이 며칠 동안 몇 번이고 반복해서 들은, 우이천으로 다시 탈출했던 철수네 쇼고스가 전봇대 다섯 대를 부러뜨리고 차 여덟 대와 충돌해서 큰 사고가 났다는 뉴스였기 때문만은 아니었다. 쇼고스와 헤어지게 될까 두려웠던 탓이다. 그렇게 되면 쇼고스가 지금처럼 철수에게 어리광을 부리는 모습도 보지 못하게 될 터였다.

아닌 게 아니라, 쇼고스는 정말이지 엄청난 어리광쟁이였다. 한번은 쇼고스가 하수도에서 온갖 오물을 삼키고 온 적이 있었다. 철수는 쇼고스가 깨끗해지도록 호스에 물을 틀어서 한참을 씻겨야만 했다. 물을 질색하는 쇼고스는 그 물을 고스란히 삼켜 그 몸을 부풀려서 3미터도 넘게 커졌는데, 그렇게 커다래지고서도 철수의 몸에 찰싹 달라붙어 왜 물을 뿌리느냐 응석을 부렸다. 결국에는 삼킨 물과 오물들을 한꺼번에 토해 내는 바람에 동네 곳곳이 토사물로 범벅이 되기는 했지만, 이제와 생각해 보면 즐거운 추억이다.

쇼고스가 가장 어리광을 부릴 때는 식사 시간이었다. 영희조차 쇼고스가 편식하는 버릇을 고치지는 못했다. 철수는 모은 용돈으로 고급 사료들을 마트에서 사 왔지만, 쇼고스는 철수가 사 온 건강식에게는 백스물두 개의 눈 중 하나도 까딱하지 않은 채, 자신이 어디선가 사냥해 온 이웃들을 즐길 뿐이었다.

하지만 쇼고스의 그 숱한 버릇 중에서도 무엇보다 곤란한 버릇은 바로 분리불안이었다. 쇼고스는 집 안에 누구도 없는 상황을 전혀 견디지 못했다. 언제나 철수, 영희 이 두 사람이 그 곁에 붙어 있어야만 했다. 그렇지 않고 철수의 아빠나 엄마만이 집을 지키게 될 경우, 쇼고스는 이빨을 갈면서 어쩔 줄을 몰랐다. 더욱이 쇼고스의 입 안에는 이빨이 네 열로 복잡하게 나 있어서, 그 가는 소리가 여간 시끄러운 것이 아니었다. 오죽하면 3회 연속으로 아랫집에서 층간소음 문제로 찾아왔을까? 다행히 쇼고스의 편식 습관 덕분에 네 번째로 이사 온 이웃과의 갈

등이 커지지는 않았다.

철수는 쇼고스를 보며 긴 한숨을 내쉰다. 쇼고스는 그런 철수의 마음을 아는 것인지, 모르는 것인지, 아는데 모르는 척하는 것인지 그저 철수가 자신의 귀 뒤를 쓰다듬어 주기만을 요구할 뿐이다. 철수는 군말 없이 그 요구를 따랐다.

누가 뭐래도 철수는 쇼고스를 좋아한다. 쇼고스가 자신을 아낀다고도 생각한다. 쇼고스는 물을 좋아하지 않으면서도 철수나 영희가 화장실에 갈 때마다 따라와서 문 앞을 지키고는 했다. 철수는 쇼고스의 이런 행동이 아이들을 지켜 주기 위해서도 있겠지만 그보다는 아이들이 변기의 물을 내릴 때 물이 내려가는 모습이 신기해서일 수도 있겠다고 의심하기는 했다.

그래도 쇼고스는 아이들이 화장실을 나설 때면 꼭 이렇게 열심히 널 지킨 나를 칭찬하라는 듯 지네처럼 기다란 동체에 수십 개의 다리가 돋은 몸으로 바꾸어 아이들의 다리에 달라붙고는 했다. 철수는 쇼고스가 이렇게 어리광을 부릴 때가 좋았다.

철수 오빠. 여기에 연락해 봐. 인터넷에서 3분 검색해서 본 정보로 해결하려고 하지 말고. 전문가한테 상담해.

철수가 TV를 보며 쇼고스를 쓰다듬다 눈시울이 붉어지고 콧등이 시큰해졌을 때, 영희로부터 메시지가 하나 왔다. 그 메시지에는 처음 들어 보는 누군가의 이름과 직위 그리고 연락처가 적혀 있었다. 철수는 어리둥절한 나머지 스크린에 뜬 글자를 소리 내어 읽었다.

"반려 고대생명체 행동 전문가, 김형욱입니다."

"안녕하세요……."

"반갑습니다."

철수는 영희가 보내 줬던 연락처로 전화를 걸었다. 그리고 그때 전화를 받은 사람이 바로 김형욱이라는 사람이었다.

이 남자는 반려 고대생명체 행동 전문가로, 고대생명체가 제단을 쌓아 이차원의 문을 열어 교통체증을 부르거나 건물만큼 자라나서 지역 주민의 일조권을 방해하는 등의 문제 행동으로 보호자와 마찰을 빚을 때, 둘 사이를 중재하고 훈련법을 교육하는 것이 직업이라고 했다.

철수는 지푸라기라도 잡는 심정으로 김형욱을 집으로 초대했다. 잔머리를 굴려 내린 결론이기도 했다. 만약 이 반려 고대생명체 행동 전문가조차 쇼고스의 문제 행동을 교정하지 못한다면 열두 살인 철수가 쇼고스의 문제 행동을 교정하지 못해도 혼날 일은 아니라 변명할 수 있지 않겠는가, 계산을 내린 것이다.

며칠 뒤, 예약 날에 찾아온 김형욱은 철수가 목소리를 들어 짐작했던 것보다 훨씬 더 젊어 보였다. 아마 그의 조용하고 차분한 태도가 나이에 어울리지 않는 인상으로 연결되었던 듯싶다.

철수는 귀신에게 홀리기라도 한 것처럼, 무당을 찾아간 사람처럼 김형욱에게 그간 쇼고스가 저지른 사건 사고 목록을 읊으며 하소연을 했다. 김형욱은 말없이 그 차분한 눈동자로 철수가 말하는 이야기에 귀를 기울였다.

다음으로 김형욱은 철수네 쇼고스를 직접 만나 보고 싶다고 했다. 마침 쇼고스는 영희와 산책을 갔다 돌아오는 차였기에 철수는 바로 김형욱에게 쇼고스를 보일 수 있었다.

쇼고스는 서른세 개의 눈으로 영희가 준비하는 간식을 바라보면서 남은 눈으로는 김형욱을 노려보았다. 김형욱은 말없이 쇼고스에게 다가가 그 옆에 앉았다. 눈을 마주치지도 않았다. 그저 같은 공간에서 함께 숨을 쉬면서 시간을 공유했을 뿐이다. 쇼고스는 이내 김형욱에게 다가가 그의 뺨을 열다섯 번째 입에서 나온 여덟 가닥의 혓바닥으로 핥아 보고는 그 옆에 누워 잠들기까지 했다.

철수와 영희는 김형욱의 옆에 잠든 쇼고스를 보며 눈앞에 펼쳐진 초현실적인 광경에 입을 다물지 못했다. 우리 쇼고스가 이렇게 달라지다니? 처음 보는 사람을 물어뜯지도, 씹어버리지도, 삼키지도 않고 그저 옆에서 잠들기만 할 뿐이라니! 배신감마저 들 지경이다.

"이 친구는 쇼고스치고도 무척 지능이 높은 편이네요. 원래 쇼고스들이 무척 영리하기는 한데 이 친구는 평균보다도 훨씬 똑똑해요."

"그런가요?"

철수는 쇼고스가 칭찬받았을 뿐인데도 자기에 대한 칭찬처럼 자랑스러웠다. 하지만 김형욱의 표정은 그다지 밝지 않았다. 아니, 오히려 조용하게 화를 내는 것처럼 보였다.

"이렇게 영리한 쇼고스와 함께 살 때는 보호자가 더 책임을 질 필요가 있어요. 하지만 철수 학생은 쇼고스가 원하는 것이 무엇인지, 필요한 것이 무엇인지 잘 모르고 계셔요."

김형욱이 따끔하게 질책하자 철수는 고개를 들지 못했다. 영희는 철수가 쇼고스를 대할 때 인터넷에서 3분 검색해서 본 정보로 해결하려고 한다고 화를 내고는 했지만, 실상 철수는 그

검색 한 번도 귀찮아서 하지 않았기 때문이다.

"죄송해요……."

"아니요. 철수 학생이 죄송해야 할 상대는 제가 아니죠. 쇼고스한테 죄송하셔야 해요."

이제 철수는 그저 꿀 먹은 벙어리가 되어 아무런 말도 꺼내지 못했다. 김형욱은 냉담한 태도에서 곧장 상냥하고 따스한 눈빛을 내며 철수를 위로했다.

"하지만 제가 왔으니 걱정하지 마세요. 제가 우리 쇼고스에게 해 주었던 일을 보셨지요? 앞으로는 철수 학생이 그 일을 고스란히 따라 하기만 하면 되니까요."

"일이라니요? 오늘 김형욱 반려 고대생명체 행동 전문가님께서 무슨 일을 하신 건데요?"

김형욱은 사람 좋은 미소로 철수에게 웃어 보인 뒤 설명을 이어 나갔다.

"철수 학생이 이미 봤지만 이해를 하지 못하셨을 뿐이에요. 저는 방금까지, 또 지금도 쇼고스와 가까운 공간에서 같은 시간을 보내고 있었지요?"

"네."

"어떤 관계는 이것만으로 충분하기도 해요. 존중과 관심, 이

두 가지만 갖춘다면 어떤 문제든 함께 시간을 보내는 것만으로도 사라질 거예요. 물론, 이제부터 제가 몇 가지 팁을 알려 드리기도 할 거고요."

　김형욱이 철수의 집을 다녀간 이후, 철수의 일상은 크게 바뀌었다. 쇼고스를 중심으로 말이다. 김형욱은 철수와 쇼고스의 사이가 가까워지고 싶다면 철수가 좋아하는 일이 아닌 쇼고스가 좋아하는 일을 함께 해 보라고 했다. 그래서 철수는 그렇게 했다.

　철수는 아침이면 일어나서 쇼고스와 함께 동네를 한 바퀴 돈다. 그냥 돌지만도 않는다. 철수는 쇼고스를 위해 커다란 화물 트럭이나 정부 소속의 비밀 연구기관 그리고 군사기지처럼 쇼고스에게 위협적인 곳은 일부러 피하는 코스를 찾아냈다.

　산책에서 돌아오면 철수는 거실에 앉아 쇼고스의 지저분해진 발을 닦아 준다. 쇼고스의 발의 개수는 너무 많은 데다 매번 바뀌기 때문에 쉽지 않은 일이지만, 그래도 쇼고스도 이 평화로운 시간을 좋아한다.

　철수는 쇼고스의 발을 닦아 주며 기도 주문을 읊기도 한다. 예전에는 라틴어로 된 기도 주문을 읽기 어렵다고 아예 하지 않았던 일이지만 김형욱은 기도 주문에서 어느 지역 언어를 사용하느냐가 중요하다는 것은 잘못된 상식이라며 기도 주문에 중요한 것은 마음이라 정정을 해 준 뒤, 철수는 자연스레 방언이 터져 나올 때까지 주문을 읊는다.

김형욱은 쇼고스가 좋아하는 일만 하게 내버려 두면 안 된다고도 했다. 쇼고스가 사람들과 어울리지 못할 일을 저지를 때면 단호하게 거절 의사를 표현하고 막아야 한다는 것이었다. 그래서 철수는 쇼고스가 산책 도중에 이웃집의 반려 고대생명체, 이를 테면 올드원에게 위협적으로 굴 때는 둘 사이를 가로막아 쇼고스를 진정시킨 뒤, 준비한 간식으로 시선을 돌려 상황을 정리했다.

"철수 오빠, 준비해."

"응. 알았어."

김형욱이 철수와 쇼고스를 찾은 날로부터 몇 개월이 지났다. 이후 쇼고스는 문제 행동을 거의 일으키지 않았다. 그저 가끔, 철수가 관심을 주지 못했을 때 또 철수의 아빠를 집어삼키거나 하는 정도의 작은 장난만 저질렀을 뿐이다.

하지만 이렇게나 행복한 시간은 오래가지 않았다. 어느덧 별들이 제자리를 찾는 날이 돌아왔고, 쇼고스는 자신의 동족들과 함께 은하수 너머의 또 다른 터전을 찾기 위해 여행을 떠나게 되었기 때문이다.

철수와 영희, 두 사람은 쇼고스의 손을 붙잡고 현관문을 나섰다. 달이 아름다운 밤이었다. 쌍문동 곳곳에서는 반려 고대생명체와 함께 살던 이웃들이 모두 밖으로 나와 자신의 가족들을 배웅하고자 하고 있었다.

사람들은 건물과 가로등의 불을 껐다. 도시의 눈부신 빛이 간신히 제자리를 찾은 별들을 가릴까 염려한 탓이다. 이제 고대생명체들이 우주 너머로 떠나면 우이천에 등불을 흘려 보내면서 그들과의 만남을 기릴 것이다.

철수와 영희는 쇼고스와의 이별을 슬퍼하지 않고, 쇼고스의 새로운 출발을 축하하기로 몇 번이고 다짐했다. 쉽지 않은 일이었지만 그렇게 해야만 했다. 두 사람과 한 고대생명체는 곧 우이천에 도착했다.

인간의 아이들이여.

그리고 그 순간, 쇼고스가 텔레파시로 철수와 영희에게 말을 걸었다. 철수와 영희가 쇼고스를 만난 이후로 처음 있는 일이었다. 철수와 영희는 깜짝 놀라서 슬픔마저 잊은 채 쇼고스를 바라보았다.

그대들이 그대들의 인지와 사고를 넘어서는 존재에 보인 존중과 친절에 감사한다.

쇼고스는 평소에 뜨고 있던 백스물두 개의 눈보다도 훨씬 더 많은 천 개의 눈을 뜨고는 그 모든 눈동자에서 눈물을 흘렸다. 철수와 영희도 쇼고스를 따라 울었다.

쇼고스는 은하수 너머를 향해 떠나기 전에 그때까지 먹은 사람들을 모두 토해 냈다. 대충 130명이 약간 넘는 인원이었는데, 아마 철수와 영희의 눈을 피해 몇 번은 식사를 즐긴 듯싶었다. 이는 철수와 영희에게 건네는 이별 선물이었다.

쇼고스가 토해 낸 사람들은 군데군데 삭아 있긴 했으나 대체로 건강하게 보였다. 철수와 영희는 오랜만에 아빠를 만나 반가움의 인사를 나눴다.

"쇼고스야, 잘 가."

철수는 하늘 위로 붕 떠올라 날아가는 쇼고스를 향해 손을 흔들면서 그렇게 외쳤다. 쇼고스의 새로운 여행이 걱정되지는 않았다. 반려 고대생명체 행동 전문가의 말대로 존중과 관심, 이 두 가지만 갖춘다면 어떤 문제든 함께 시간을 보내는 것만으로도 사라질 테니까. 그리고 철수와 쇼고스는 그런 시간을 보내는 법을 함께 배웠으니까.

작가의 말

이제는 고전이 된 아동만화 「아기공룡 둘리」를 재해석한 작품이 많습니다. 하지만 이 작품들은 대부분 어른과 아이의 권력 관계를 무의식적으로 배제하거나 무시하고는 했지요. 이 이야기는 그런 고민에서 출발한 글입니다. 그렇기에 어른은 아이를 믿어 주고, 아이는 어른이 되기 위해 성찰하는, 그런 관계를 한번 담아 봤습니다. 무엇보다, 쇼고스가 소화가 덜 된 인간들을 토해 내는 장면도 그려 보고 싶었기도 하고요.

8 ― 누나의 에펠탑 이지은

방문을 열자 평소와 다른 냄새가 났다. 쿰쿰하게 솟아나는 먼지 냄새를 닮은 오빠의 체취가 코끝을 찌르곤 했는데 오늘은 땀 냄새만 났다. 숨 쉴 만했다.

　두나는 잠든 오빠 도현이의 몸을 옆으로 돌렸다. 도현이는 팬티 바람으로 잤다. 엉덩이에는 폭탄머리 아인슈타인이 있었다. 한정판 팬티였다. 두나는 도현이 등뼈와 살이 잘 붙어 있는지 확인했다. 꿰맨 자국 없이 깔끔하네. 아무리 봐도 신기하단 말이지. 두나가 중얼거리자 도현이 눈을 떴다.

　"누나, 지금 몇 시야?"

　"비타민 시."

"그게 뭐야?"

오빠가 알려 준 아재 개그잖아. 비타민 시, 서울특별시, 축구 선수 메시. 역시 기억도 못 하는군. 두나는 이때다 싶어 도현이 머리를 콩 쥐어박았다. 그 순간 왠지 욱해서 한 번 더 쥐어박았다. 도현이가 정수리를 문지르면서 천천히 눈을 껌벅였다.

이제 독일제 바버 세트는 내 거다. 두나는 매의 눈으로 방을 훑어보며 생각했다. 그건 도현이가 상금과 장학금에서 엄마, 아빠한테 뜯기고 남은 걸 모아 몰래 산 특급 수제 미용가위 세트였다. 두나는 도현이가 방을 비운 날 딱 한 번 그 가위를 만져 본 적이 있었다. 서늘한 촉감의 은빛 손잡이가 엄지와 검지에 닿는 순간 소름이 오스스 돋았다. 허공에 대고 가위질을 하자 부드럽게 샤락샤락 소리가 났다. 도현이는 가위에 찍힌 지문의 크기를 대조해 보고 두나를 닦달한 뒤 어디론가 그걸 감췄다.

두나는 그 가위를 찾으면 먼저 도현이 머리를 잘라 볼 생각이었다.

"너 머리 좀 다듬어야겠다. 물결 모양이 좋아, 버섯 모양이 좋아?"

두나가 목소리를 깔고 으스스하게 물었지만 도현이는 무슨 소리냐는 듯 그저 손바닥으로 얼굴을 벅벅 문지를 뿐이었다.

"천천히 생각해 봐. 일단 학교 갈 준비부터 하고."

엄마, 아빠는 오늘 또 '내 아이 다시 키우기 연구소'에 갔다. 도현이의 디지털 기억을 새로고침해 주는 서비스를 신청하기 위해서다. 그걸 안 하면 온갖 SNS에 열다섯 살 도현이의 기록이 남아 있어 나중에 문제가 될 거라고 했다.

"그런 건 수술하기 전에 말해 줬어야지. 없는 살림에 이게 무슨 고생이야. 이러다 부작용도 생기는 거 아냐?"

어제저녁, 아빠가 한숨을 쉬며 말했다.

"부작용 없댔어. 그래도 우리 도현이가 첫 임상 사례여서 80퍼센트나 저렴한 가격에 수술 받았으니 그걸로 됐지. 재한테 들어갈 학원비 생각하면 차라리 이게 남는 거라니까."

"적응 기간 지나면 전학 수속도 밟아야 한다며? 그 얘기도 안 해 줬잖아."

"그런 건 상식이니까 미리 말을 안 해 준 거지. 당연하잖아. 아들 친구들이 다 여기 사는데 하루라도 빨리 떼어 놔야지."

처음부터 연구소의 말을 철석같이 믿은 건 엄마였다. 적금을 깨고 시골집 하나를 팔아서 수술비를 마련했다.

"두나 너! 너도 공부 안 하고 도현이처럼 살면 연구소 보낼 거니까 그렇게 알아. 이제 네가 맏이니까 행동 잘하고."

화살이 두나에게 날아왔다. 두나는 얌전히 고개를 끄덕였다.

"밖에서 오빠라 부르지 말고."

엄마의 당부에 두나는, 그게 하루아침에 되나 싶으면서도 알았다고 했다.

도현이는 여자 친구 솔라도 잃고 절친 성목이도 잃고 그동안 갈고닦은 가위질 실력도 날려 버렸다. 컴퓨터 포맷하듯, 저장한 기억들이 뭉텅뭉텅 사라졌다. 연구소에서 돌아온 도현이는 사흘 내내 잠만 잤다. 배고플 때와 화장실 갈 때만 일어났다. 뇌가 텅 빈 좀비 같았다.

"오빠! 이번엔 진짜 안 돼! 아빠가 정말 내쫓을 거라고 했단 말이야."

한 달 전, 두나는 성목이의 전화를 받고 잽싸게 나가는 도현이를 뒤쫓았다. 도현이는 이미 성목이 오토바이 뒤에 올라탄 채였다. 성목이의 새파란 머리카락은 바람에 한 올도 흐트러지지 않았다. 거대하고 새파란 떡 덩어리 같았다. 뒤에 탄 도현이의 볏짚 색 머리도 지지 않았다. 도현이는 이발도 탈색도 염색도 혼자 다 했다. 물론 만만한 동생 두나 머리로 먼저 실험을 해 봤다. 그 탓에 두나는 투블록컷에 레게 펌에 브릿지 염색까지 안

해 본 머리가 없었다. 학교에 불만 있으면 말로 하라고 담임이 넌지시 말했다.

도현이가 두나 머리를 콩 쥐어박고는 허공에 천 원짜리 석 장을 뿌렸다.

"뇌물이다!"

오토바이가 부르릉 멀어졌다. 물가가 얼마나 올랐는데, 삼 년 내내 3000원이야. 두나는 욕을 삼키면서 도현이의 영어, 수학, 논술, 중국어, 과학, 한국사 학원 스케줄을 확인한 뒤 몇 곳에 전화를 걸었다. 오빠가 오늘 아파서 못 간다고 전하자 한숨만이 들려왔다.

"고등학교 안 간다니까요. 공부를 왜 해요?"

도현이는 집에만 오면 문을 걸어 잠갔다. 열쇠 구멍에는 본드를 붙여 놨다. 아빠가 문에 매달렸다.

"뭐 해 먹고살려고?"

"미용사 할 거라고 몇 번을 말해요? 성목이네 형 미용실에 취직해서 일 배울 거라니까요."

"성목이? 오토바이 타는 그 날라리 놈 말이냐? 머리는 스머프처럼 시퍼렇게 해가지고."

"그거랑 이거랑 뭔 상관이에요."

"도현아. 아이큐가 155나 되는 애가 갑자기 무슨 얼토당토 않는 소리냐. 그러지 말고 영재고 나와서 의대 가라니까."

"머리 좋으면 다 의사 해야 돼요? 하고 싶은 거 하고 살면 안 돼요?"

"네가 아직 세상을 몰라서 그런다. 좋아하는 일은 취미로 갖고 사는 거야. 일단 의사부터 된 다음에……."

"어우 씨. 말이 안 통해."

도현이가 벽을 꽝! 꽝! 차는 소리가 들렸다. 두나는 찌르르 울리는 벽에서 흔들리는 가족사진을 힐끔 본 뒤, 공부하는 척했다.

도현이는 어릴 때부터 머리가 지나치게 좋아서 가는 곳마다 천재 소리를 들었다. 두나는 평범했다. '오빠는 잘하는데' 소리를 들어도 질투 같은 건 나지 않았다. 엄마, 아빠는 도현이를 가만히 두면 아이큐가 점점 뒷걸음질이라도 친다는 듯 조바심을 냈다. 두뇌 발달에 좋다면서 호두, 브로콜리, 서리태로 아침을 차려 줬다. 집중력을 키운다며 밤마다 백색 소음을 억지로 들려주기도 했다. 온갖 연구소며 센터에 보내 굳이 검사를 시키고 결과지를 코팅해서 벽에 붙였다.

두나가 초등학교에 막 입학하자마자 가장 많이 들었던 소리는 "네가 바로 도현이 동생이니?"였다. 학교에 가도 학원에 가도 그랬다. 선생님들 눈에서 꿀이 뚝뚝 떨어졌다. 물론 아주 잠깐이었지만. 그때 열한 살이던 도현이는 전국 수학, 과학 대회를 휩쓰는 중이었다. 대학생 수준의 이해도를 갖췄다고 했다. 뇌에서 꽃이 활짝 폈다. 현수막 업체에서 '이도현' 이름을 외울 지경이었다.

하지만 두나는 도현이가 집에서 공부하는 걸 본 적이 없었다. 두나가 끙끙거리며 수학 숙제를 풀고 있으면, 도현이는 벽지의 꽃 개수를 세거나 외계어 같은 자기만의 언어로 대화를 시도하거나 저런 책이 집에 있었나 싶은 책을 읽었다. 두나가 딸꾹질을 하면 "횡격막 근육이 경련하고 있군." 하고 중얼거렸고, "기린 목은 왜 길어?" 물어보면 "다윈의 자연선택설에 따르면……." 소리나 했다. 조금도 못 알아듣겠다는 표정을 짓고 있으면 "너와는 수준이 맞지 않아." 하며 자리를 박차고 나갔다. 산타클로스 및 저승사자, 달에 토끼가 살던 시절 등등의 얘기는 입 밖에 내지도 못했다. 두나의 동심은 도현이가 다 죽였다.

"첫아이 교육은 대개 실패하기 마련이죠. 너무 큰 기대를 해서 이것저것 남들 하는 건 다 시켜 봅니다. 첫애는 특히 부모 자신의 얼굴이거든요!"

"그러다 망치면 둘째한테 기대는데, 그땐 이미 늦습니다."

"그 순간 첫째는 벌써 중2병 고지를 넘고 있죠. 부모는 갱년기, 첫애는 사춘기!"

"그래서 저희 '내 아이 다시 키우기 연구소'에서 임상 참가자를 모집합니다! 다시 키우고 싶은 내 아이, 공부 잘하고 말 잘 듣던 그때로 되돌리고 싶은 부모님, 지금 연락 주세요! 중2 이후엔 늦습니다! 입증된 생체과학 시스템을 통해 자녀의 몸을 퇴행시켜 드립니다!"

"여기서 퇴행이란 사실상 진보죠!"

"네, 그럼요! 무엇이든 다시 시작할 수 있는 시기이니까요. 돌아갈 수 있는 나이는 생체 스캔을 통해 결정해 드립니다. 2차 성징의 징조가 발휘되기 전으로 가는 것이 가장 안전하죠. 임상 참가자 나이는 열다섯까지만 가능! 늦기 전에 전화하세요! 내 아이는 내가 지켜야죠!"

밤마다 나오는 홈쇼핑 광고였다. 이제 홈쇼핑에서도 별걸 다 팔았다. 아빠, 엄마는 두 쇼호스트의 말이 끝날 때마다 로봇처럼 고개를 끄덕였다. 쇼호스트 중 한 사람은 연구소 소장이었다. 소장은 하버드대를 수석으로 졸업한 첫 번째 한국인으로 유명한 사람이었다. 우리나라 뇌과학 분야의 일인자이기도 했다. 화면 아래로 아주 작은 글자들이 개미 떼처럼 지나갔다. 두나는 ……책임지지 않습…… 글자를 읽었지만 엄마가 전화번호를 누르는 걸 보고 도현이 방으로 달려가느라 뭘 봤는지 금세 잊어버렸다.

도현이 방엔 창문이 열려 있고 커튼이 펄럭였다. 골목 귀퉁이에 서서 팔을 크게 흔드는 도현이가 보였다. 담장에서 새파란 떡 머리가 불쑥 나와 씩 웃었다. 또 오토바이 타고 여자 친구 만나러 가는군. 오빠 이제 죽었다 하며 손으로 목을 치는 시늉을 했다. 도현이와 성목이는 일란성 쌍둥이인 솔라와 올라를 각각 사귀고 있다. 넷이 놀고 온 밤이면 도현이 옷에서 온통 진한 약품 냄새가 났다.

"오빠는?"

엄마가 도현이 앨범을 넘기다 말고 물었다.

"자던데?"

"잠이 온대니? 오늘도 학교에서 전화 왔던데. 기말고사 답을 죄다 밀려 썼댄다."

"중간고사도 그러더니?"

"근데, 밀려 쓴 답을 한 칸씩 올리면 전 과목 올백이란다."

일부러 그런 거네. 두나는 괜히 콧김을 뿜었다.

"다시 키우면 진짜 잘할 수 있는데……."

엄마가 한숨을 쉬었다. 두나는 엄마 어깨 너머로 앨범을 같이 봤다. '이도현 상장 앨범' 시리즈 열다섯 편 중 다섯째 편이었다. 피아노, 태권도, 바이올린 이런 잡다한 것 빼고 오로지 국영수사과의 결과물로 이루어진 상장의 진수. 도현이는 도교육청 추천을 받아 열한 살 때부터 영재수업에 다녔는데 거기서도 톱이었다. 두나는 기억한다. 옷을 쫙 빼입은 아저씨, 아주머니들이 집에 와서 엄마의 말을 메모해 가며 경청하던 순간을. 아인슈타인 캐릭터와 상장으로 도배한 도현이 방에 손님들이 몰려가던 그날, 두나는 당연히 잘난 도현이도 행복할 거라고 생각했다.

"머리가 맘에 들었던 거라고."

"뭐?"

"번개 맞은 것처럼 보이잖아. 거울 볼 때마다 아이디어가 번쩍 떠오를 것 같아. 난 저런 머리를 하고 싶었어. 스캐처 펌인가, 히피 펌인가……."

"그럼…… 아인슈타인을 좋아했던 게…… 머리 때문이라고?"

도현이가 고개를 끄덕였다. 아인슈타인 팬티, 아인슈타인 이불, 아인슈타인 필통…… 그게 다 뽀글머리에 홀렸던 거라니.

"그렇게 사람 마음을 훅 가게 하는 거, 그 사람 개성을 단숨에 보여 주는 거, 그게 헤어스타일이라고. 난 머리카락이 한 사람의 정신세계를 형상화한 거라고 생각하거든. 게다가 이게 정말 과학이야, 과학. 특히 중화작용은 화학적으로 정말 완벽하고 아름답지. 너 H_2O_2랑 $NaBrO_3$이라고 들어 봤어? 이게 ph 정도가 좀 달라서 중화의 세기에 영향을 끼치거든."

"오빠, 나 5학년이야. 아직 그런 거 몰라."

도현이가 두나 머리에 뭔가를 처덕처덕 바르면서 말했다.

"매직 당길 때 열전도율도 얼마나 중요한데. 그래서 세라믹이……."

"내 꿈은 애견미용사야. 강아지 매직 펌 할 일 없을 것 같아."

"또 세팅할 때는 말야, 형상기억합금 만들 때나 같은……."

두나는 스르륵 잠들었다. 깨어나 보니 거울에 아인슈타인이 나타나 두나를 향해 비명을 질렀다. 학교에 불만 있으면 말로 하라고 그랬지, 하고 담임이 바나나 우유를 사 먹이며 달랬다. 도현이가 그랬다는 말은 어차피 아무도 안 믿었다. 그 천재 과학자 오빠가? 모교를 빛낸 대스타가?

두나는 그저 직관적으로 알았을 뿐이다. 오빠 이 인간이 곧 아인슈타인 머리를 하고 등교하겠구나, 학교에서 전화가 걸려 오겠구나, 아빠가 오빠 방 문고리를 잡고 울겠구나 하고. 열다섯 편에서 멈춰 버린 '이도현 상장 앨범'의 후속작은 영영 볼 일이 없을 것이다.

도현이는 열한 살로 퇴행했다. 특허 받은 세포축소술과 생체 되감기 시스템을 통해 먼지 냄새도 없고 뇌가 보송보송하고 성격도 순한 그 시절의 이도현 어린이가 되었다. 공부밖에 모르던, 부모님의 자랑스러운 아들로. 다시 영재 수업에 들어가고 전국 상을 휩쓸고 현수막 업체의 전설로 남을 테지. 두나는 그 시절의 오빠를 떠올려 보았다. 도현이는 손재주가 좋아서 뭐든 뚝딱 만들고 칼질, 가위질을 섬세하게 잘했다. 물론, 도현이가 사과를 깎을 때 껍질의 너비에 따라 사과 한 알을 다 깎는 데까지 걸리는 속도를 계산한다거나 특수 베어링을 쓴 가위의 마찰 계수 따위를 설명할 때마다 두나는 귀를 막고 목도리도마뱀처럼 방을 뛰쳐나갔지만. 두나는 도현이가 그런 순간에만 환하게 웃고 있었다는 게 기억났다.

도현이가 중학교에 입학한 뒤 미용사 형을 둔 성목이를 만나면서부터 '나쁘게' 변했다는 게 아빠의 주장이었다. 아빠는 도현이가 칼질, 가위질을 멈추지 않자 방에서 가위며 칼을 모조리 찾아내 쓰레기통에 버렸다. 온갖 미용 이론서와 헤어스타일 스크랩북도 북북 찢었다. 엄마 역시 도현이는 머리가 좋으니까 정신만 차리면 언제든 다시 공부를 시작할 거라고 입버릇처럼 말했다. 하지만 두나는 아빠 소원대로 오빠가 의사가 될 일은 이번 생에선 글러먹었다고 진작부터 생각했다. 도현이의 가위질은 과학과 예술을 융합한 경지에 이르렀다는 게 두나 판단이었다. 도현이는 분명 어느 미용사보다 탁월한 장인이 될 것이 눈에 훤히 보였다. 가끔 두나의 머리를 초현실적 스타일로 만들긴 했어도, 그 실력 하나는 부러웠다.

도현이는 무슨 생각을 하는 건지 땅만 쳐다보고 자박자박 걸었다. 두나는 그런 도현이의 손을 꼭 잡았다. 부드럽고 따뜻했다. 도현이가 가위질 연습을 하면서부터 손아귀에 물집이 잡혀 손이 온통 우둘투둘했었다. 두나는 도현이의 손이 보들보들한 게 왠지 속상했다.

"그나저나 이제 나 뿌염 누가 해 줘."

도현이가 머리를 빗어 주면 두나는 금세 나른해졌다. 엄마, 아빠 흉을 보며 염색약이 묻은 수건을 같이 빨고 드라이어가

뿜은 따뜻한 바람을 맞는 것도 괜찮았다. 도현이가 가르쳐 주기로 한 기술도 아직 많이 남았다. 강아지 털을 자를 때 쓸 수 있는 가위질 기법을 따로 정리해 주기로 했었다.

"그거 알아? 사실 누나 같은 건 하고 싶지 않아."

도현이는 고개를 갸웃하기만 했다. 두나는 벌써 어깨에 거대한 바위 두 덩어리를 얹은 기분이었다. 두나 학원 스케줄이 엄청나게 늘었다. 아빠, 엄마의 교육열에 다시 불이 붙고 있었다. 두 사람은 교육법 강의를 찾아 듣고 식단과 자습 스케줄을 꼼꼼히 짰다. 이번엔 '공식적 맏이'가 된 두나의 역할도 중요했다. 상대적으로 관심과 집중을 덜 받았던 두나의 일상이 갑자기 달라졌다. 천재 동생의 누나라니, 정말 거절하고 싶었다.

교문 앞에서 갑자기 두 그림자가 두 사람을 막아섰다. 새파란 떡 머리 성목이와 도현이의 여자 친구 솔라였다. 잠시 착시 현상을 봤나 싶었는데 슬라이딩 도어를 열듯이 솔라 옆으로 올라가 스르륵 나타났다. 두나는 아인슈타인 머리를 한 언니를 보고 둘 중 누가 솔라인지 알아챘다. 곧 날아갈 민들레 씨앗처럼 풍성한 아인슈타인 커플머리를 한 사진을 본 기억이 났다.

"도현이지?"

솔라가 울먹이며 물었다. 도현이가 말똥말똥한 눈빛으로 솔라를 올려 보았다.

"미쳤나 봐. 진짜 연구소에 보내면 어떡해."

두나는 지금 패드립 하시는 거냐고 따지고 싶었지만 참았다. 올라가 솔라의 등을 토닥여 주었다. 파란 떡은 오토바이 열쇠를 검지에 끼고 빙빙 돌리면서 난감한 표정을 지었다.

"아닌데. 분명 방법이 있다 했는데. 연구소 들어가기 직전에 뭐라 뭐라 급하게 설명해 줬거든. 뇌를 보송보송하게 만들어 준다고 광고해도 실제로는 기억인자를 삭제하는 데 한계가 있댔나."

"아까부터 그게 뭔 소리야, 도대체!"

솔라가 버럭 하자 풍성한 머리에 포슬포슬하게 진동이 일었다가 가라앉았다.

파란 떡이 허공을 응시하다가 느릿느릿하게 말했다.

"도현이 말로는 그게, 몸만 돌아가고 기억은 남아 있을 확률이 높댔어. 약관에도 나온댔는데 자세히는 몰라. 내가 공부 놓은 지가 언젠데 뇌과학을 알아듣겠냐. 야, 이도현. 빙빙에 까리 왔다. 까리까리. C컬로 말아 달라더라."

도현이 움찔하며 두나 손을 꽉 잡았다. 성목이 도현이 눈을 지그시 바라봤다. 둘 사이에 휘잉, 바람이 지나갔다.

"어, 못 알아듣나. 이 자식 진짜 애가 된 건 아니겠지."

성목이가 손을 내밀어 머리를 쓰다듬으려 하자, 도현이가 한 걸음 뒤로 물러섰다.

셋이 침울한 표정을 짓고 있는 동안 두나는 도현의 손을 낚아채듯 잡고 빠른 걸음으로 그들을 지나쳤다. 그 순간, 성목이가 이제 막 떠올랐다는 듯 급하게 소리를 질렀다.

"야! 잠깐만! 그거 나왔어! 잊을 뻔했네."

성목이가 도현이에게 건넨 것은 '국제미용기능경기 출전 안내'라고 적힌 종이였다. 날짜는 일주일 뒤였다.

"우리 형이 너랑 같이 가려고 표도 다 끊어 놨잖아. 너 여기 가서 에펠탑 머리 만들 거라고 점성이랑 각도 계산하다 집에 간 게 마지막인데. 기억하지?"

도현이가 그 종이를 물끄러미 바라보는 동안 두나 머리에 번쩍 떠오른 게 있었다. 도현이가 연구소에서 집으로 온 첫날 새벽, 두나는 관자놀이가 당기는 느낌에 눈을 떴다. 머리가 돌돌 말린 채 뿔처럼 정수리에 솟아 있었다. 머리를 대강 묶고 잤기 때문에 그러려니 하고 다시 잠들었다. 지금 생각해 보니 에펠탑…… 같기도 했다.

두나는 눈을 가늘게 뜬 채, 도현이의 뒷모습을 바라보았다.

도현이가 성목이에게 입 모양만으로 무슨 말인가 한 것 같았다.
그러자 도현이의 입만 바라보던 세 사람의 얼굴이 갑자기 환해
졌다.

"아들, 오늘 수업 어땠어?"

엄마가 도현이의 가느다란 어깨를 쓰다듬으며 물었다. 도현
이는 대답 대신 빨간 동그라미로 가득한 진단평가 시험지를 보
여 줬다. 엄마가 뒤에 서 있던 아빠에게 눈을 찡긋하자 아빠가
방에서 떼어 낸 문고리를 등 뒤로 감추었다. 두나는 팔짱을 끼
고 서서 세 사람의 평화롭고 안전하고 재미없는 대화를 쭉 들
었다. 아빠는 영재고와 의대 얘기만 내내 주입했고 엄마는 상장
을 떼어 낸 휑한 벽을 기대감에 가득 찬 눈으로 둘러보았다.

"아들, 이번엔 천천히 커. 알았지?"

엄마가 도현이의 머리를 쓰다듬었다. 두나는 어릴 때 엄마가
두나의 작고 알록달록한 양말이 가득 널린 빨랫줄을 보면서
"애들이 좀 천천히 자랐으면 좋겠다." 하던 말이 기억났다. 엄
마, 아빠 욕심도 좀 천천히 자랐으면 좋겠다는 생각이 이제야
들었다. 엄마, 아빠는 그게 욕심 때문이 아니라 미래 때문이라
고 하겠지만.

두 사람이 방을 나가고 한참 뒤에 두나는 도현이 책상에 몸을 기대고 섰다.

"중화작용이 화학적으로 얼마나 아름다운지 알고 있지?"

도현이는 대답하지 않았다.

"매직 당길 때 열전도율이 그렇게나 중요하다며?"

그러자 침묵을 지키던 도현이가 결심한 듯 연필을 내려놓았다.

"모두의 평화를 위해서야."

"공짜로는 안 되지."

도현이가 주머니에서 천 원짜리 석 장을 꺼내 허공에 뿌렸다. 두나는 본 척도 하지 않고 검지와 중지로 가위질 시늉을 했다.

"이거, 어디 숨겼어?"

도현이가 한숨을 깊이 쉬더니 대학 물리학 책을 펼쳤다. 복잡한 수식 기호가 가득한 종이를 파 내려간 뒤 그 안에 가위를 곱게 모셔 두었다. 두나는 도현이의 머리카락을 금방이라도 자를 듯이 샤락샤락 소리를 내며 가위질을 해 봤다. 역시 장인의 손길이 들어간 가위는 남달랐다.

"물결 모양이 좋아, 버섯 모양이 좋아?"

"뭐래. 빗등치기도 못하면서."

"오빠가 가르쳐 준댔잖아."

"가르쳐 줄 테니까, 이번 기능대회 연습 좀 하자. 네 머리카락이 약도 잘 먹고 탄력 좋고 숱도 많아서 연습하기 딱이거든. 대신 이번엔 들키면 안 되니까 공부 가르쳐 주는 척하면서 밤에만 만들고 바로 복구해 줄게."

이번엔 에펠탑이라니. 집안의 평화와 맞바꾼 값비싼 에펠탑.

두나는 밤마다 유니콘처럼 뿔이 솟을 머리를 상상하다 피식 웃었다. 하지만 파리의 에펠탑보다 분명 더 예술적이고 과학적일 거란 믿음이 갔다. 오빠의 꿈이 삭제되지 않아 다행이었다. 두나와 도현이는 조용히 악수를 했다. 두나 손에 들린 가위의 은빛 날이 비밀스럽게 반짝였다.

작가의 말

저와 공부하는 여덟 살 다인이가 '12시가 되면 신데렐라는 본래 모습으로 돌아오는데, 어떻게 해야 할까요?'라는 질문에 "뛰어ㅇㅇㅇㅇㅇㅇㅇㅇㅇㅇㅇㅇㅇㅇㅇㅇ어!!!"라고 적었어요. 신데렐라를 응원하는 마음이 고스란히 담겼지요. 하지만 정답지와는 다른 답이었어요.

아이들에게 꿈이 뭐냐고 물을 때에도 어른들은 정답을 정해 놓은 것 같아요. 먼저 도착한 사람이 반드시 모든 길을 아는 건 아니에요. 그저 진심을 다해 살면 하루하루가 다 꿈을 이루는 순간이라고 생각합니다.

9 — 속마음 도둑

이루카

본인 인증이 완료되었습니다.

원격수업을 위한 가상현실(VR)교실에 입장해 주세요.

제나의 관자놀이에 붙여진 가상현실 접속기에 은색 불이 들어왔다. 관자놀이가 꾹 눌리는 느낌을 받으며 제나는 눈을 떴다. 방금 전까지 자기 방에 있었지만 지금 제나는 초록 잔디가 깔린 학교 앞에 서 있었다. 제나는 교실에 들어가기 전에 서둘러 메시지 창부터 불러왔다. 화면이 텅 비어 있었다. 제나는 불안한 마음에 서둘러 그룹 활동 목록을 확인했다. 당연히 시은이와 같은 그룹이라고 생각했는데 아니었다. 제나가 보낸 초대 메일에 답하지 않았던 시은이는 혜지와 같은 그룹이었다.

시은이는 평소에도 제나가 좋아하는 것보다 자신이 좋아하는 것부터 먼저 하려고 했다. 코딩 동아리에 너무 가고 싶었지만 시은이는 다음에 하자며 언제나처럼 제나가 하자는 것을 미뤘다. 메시지 창에서 보는 그런 시은이의 대답이 얄미웠지만 제나는 어쩌면 자신이 괜한 오해를 하는 건지도 모른다는 생각을 했다. 채팅창에서 보는 웃음 이모티콘들, 가상현실 수업에서 보는 시은이의 미소 띤 표정을 생각하면 그랬다. 이모티콘과 대화창 글자들 너머에 시은이의 진짜 표정이 있는 걸까? 제나는 답답한 마음을 꾹 삼켰다. 그래도 먼저 말을 꺼내 본 적은 없었다. 시은이가 없으면 외톨이가 될 것 같았으니까. 그렇게 아이들과 떨어져 혼자 서있는 모습은 상상만으로도 두려웠다. 제나는 아랫입술을 깨물었다. 당장이라도 눈물이 나올 것만 같았다. 참아야 했다. 가상현실 교실에서는 감정이 실제와 같이 느껴지고 보여진다. 울게 되면 아이들이 다가와서 물어볼 것이 뻔했다. 울고 있는 자신을 지켜보는 시은이와 혜지를 상상했다. 눈물을 참기 위해 안간힘을 쓰고 있는 제나의 메시지 창에 알람이 떴다. 혹시 시은이가 보낸 걸까 싶어서 제나는 다급히 눈을 부비며 메시지를 열었다. 예림이였다.

안녕? 수업 시작하기 전까지 그룹 올려야 하는데 같이할래?

예림이랑은 같은 코딩 동아리에서 아바타 이모티콘을 함께 만든 적이 있었다. 아바타끼리 만나는 가상현실에서의 대화를 위해, 최대한 현실과 비슷한 감정을 보여 주는 것이 목표였다. 실습용 감정 센서 수치를 올릴수록 아바타 이모티콘의 표정은 더 미세하고 다채롭게 변했다. 비록 예제로 된 코드를 이리저리 맞춰 가며 만드는 것이었지만 제나는 코딩을 해서 무엇인가를 만들고 완성하는 것이 정말 재미있었다. 메뉴를 만들 때 예림이랑 번갈아 가면서 하고 싶은 것들을 정해서 더 좋았다. 하지만 예림이랑은 동아리가 끝나고 따로 연락을 하거나 만난 적은 없었다.

제나 앞에 떠 있는 화면에는 예림이가 보낸 그룹초대장이 승인을 기다리며 깜빡이고 있었다.

'아, 나도 모르겠다.'

제나가 승인 버튼을 건드리자 예림과 제나의 캐릭터가 교실 그룹 목록에 쏙 들어갔다.

"오늘은 여기, 가상현실 채집 공원에서 원격수업을 할 거야. 각 그룹 폴더에 가면 돌, 식물, 곤충에 대한 퀴즈가 있어. 답에 해당하는 아이템을 각자 찾고 기록 노트와 채집 주머니를 선생님에게 보내는 거야, 알았지? 다들 시작!"

제나는 슬쩍 옆을 보았다. 시은이와 혜지가 얼굴을 맞대고 키득거리고 있었다. 제나의 얼굴이 금세 어두워졌다. 그런 제나를 보며 예림이가 물었다.

"뭘 그렇게 봐?"

"아니야, 아무것도. 퀴즈 보니까 우리는 냇가 근처 돌이랑 가을꽃을 찾으면 될 것 같아."

"나는 가을꽃을 찾을까 하는데 어때?"

"그래. 그럼 나는 개울가로 갈게."

제나는 개울 근처에서 퀴즈를 한 번 더 풀었다. 자신이 찾으려는 돌이 선생님이 제시한 조건에 맞는 돌인지 확실히 하고 싶었다. 주변에 수많은 돌과 자갈의 정보를 불러오며 제나는 자신이 찾던 돌을 채집 주머니에 입력시켰다. 다음 퀴즈를 풀며 개울 옆 수풀로 들어선 제나의 눈에 빛나는 오로라가 들어왔다. 바닥에서부터 은은하게 퍼져 올라오는 오로라는 은색 빛깔의 작은 파도 같았다. 제나는 홀린 듯이 점점 더 가까이 다가섰다.

근처에 있던 예림이가 제나를 향해 뛰어왔다.

"거기 가지 말랬어!"

예림의 말을 듣지 못한 제나가 은색 오로라 안으로 들어갔다. 예림이가 제나를 붙잡자 둘은 같은 극의 자석처럼 서로를 밀어내며 튕겨 나갔다. 넘어지는 제나의 머릿속에 선생님이 보냈던 주의사항이 스쳐 갔다.

가상현실 교실에 은색 빛이 올라오는 구역은 '가상현실 시스템 내부 문제로 보수 중'입니다.

해당 구역으로 접근 후, 기존 접속과 다르거나 문제가 생겼다면 담당 선생님께 즉시 알려야 합니다.

"괜찮아?"

예림이가 넘어진 제나를 일으키며 물었다. 전기가 오른 것처럼 얼얼하고 귀가 징―하며 울렸다.

"어. 괜찮아."

제나가 고개를 들어 보니 예림이 머리 위에 반투명한 캡슐이 떠올랐다. 마치 물방울 같았다. 제나는 눈을 비비고 다시 주변을 둘러보았다. 아이들 머리 위에도 예림이처럼 캡슐이 떠 있었다. 캡슐이 하나둘씩 제나 주변에 모여들었다.

"어……?"

"왜 그래?"

되묻는 예림이를 보니 아무래도 캡슐은 제나에게만 보이는 듯했다. 제나는 당황해서 조금씩 뒤로 물러났다. 하지만 무리를 이룬 듯 모여 있는 캡슐들은 제나가 뒷걸음질 치는 대로 따라왔다. 발아래 모인 캡슐을 자세히 보니 안에 어떤 장면들이 반복해서 재생되고 있었다. 제나는 재생되는 장면을 보기 위해 그 자리에 쪼그리고 앉았다.

"제나야, 어지러워?"

걱정스러운 말투로 예림이 묻자 제나는 캡슐에게서 시선을 돌리며 태연한 척 말했다.

"아, 아니야. 다른 퀴즈 아이템이 여기 있는 것 같아서 찾아보려고. 채집하면 너 있는 곳으로 갈게."

예림이 꽃밭으로 가는 걸 확인하자 제나는 캡슐에 흐르는 영상에 눈을 돌렸다. 커플 키링을 보며 실망하는 시은이의 얼굴. 그런 시은이의 손을 잡으려다 주저하는 도영이의 모습이 재생되고 있었다. 제나는 하마터면 들고 있던 캡슐을 떨어트릴 뻔했다. 도영이는 시은이와 비밀연애 중인 시은이 남자 친구였다.

등 돌린 시은이를 보며 안절부절못하는 도영이의 모습이 반복해서 흘러갔다. 도영이의 얼굴에는 걱정이 한가득이었다.

'뭐야, 이 캡슐은? 영상은 또 뭐고?'

뭔가 이상했다. 제나는 자신의 개인 설정 창을 열었다. 가상 현실 수업에 맞지 않는 이미지나 영상이 보이는 오류가 있다고 들은 기억이 나서였다. 접속 상태는 안정적이었지만 감정 동기화를 위한 감정센서가 평소와 달랐다. 원래 기본값에 고정되어 있어야 했지만 수치 조절 막대가 멋대로 움직이고 있었다.

'왜 이러는 거야?'

설정 창을 닫고 선생님에게 메시지를 보내려는 제나 앞에 캡슐이 떠올랐다. 캡슐 속에는 시은이의 영상이 흐르고 있었다. 도영이의 캡슐과 마찬가지로 시은이의 표정도 어두웠다.

'얼굴이 다들 불안해 보여……. 혹시?'

투명 캡슐이 보여 주는 것이 누군가의 '불안한 마음'이라면? 다른 사람의 걱정거리, 속마음을 이렇게 맘대로 봐도 되는 걸까 싶은 마음이 들었지만 제나는 시은이의 캡슐이 보고 싶었다. 막상 시은이의 속마음을 보려니 두려웠지만 그러면서도 궁금했다. 시은이는 패드에 설치된 우정 다이어리 앱을 열고 있었다. 혜지와의 우정 다이어리였다. 아기자기한 스티커에 혜지와 함께 찍은 작은 사진들이 옹기종기 배치되어 있었다. 우정 다이어리 초대 알람이 울리자 시은이의 표정이 굳어졌다. '읽지 않음'에 표시하고 시은이는 서둘러 알림 창을 껐다. 제나의 눈에 눈물이 고였다. 제나가 시은이에게 우정 다이어리 초대 메일을 봤냐고 물어볼 때마다 얼버무리며 '다음에……'라는 말만 반복했던 시은이가 스쳐갔다. 제나는 캡슐을 내려놓았다. 제나가 보내는 우정 다리어리 앱의 친구 신청. 시은이의 불안은 제나였다. 심장이 쿵 하고 떨어지는 기분이었다.

'그래서 그룹초대에도 답을 안 했구나. 시은이는 언제부터 날 피했던 걸까?'

그동안 앞에서 말도 못 하고 시은이 중심으로 보냈던 하루들이 떠올라 제나는 마음이 불편해졌다. 제나가 있는 힘껏 집어던진 시은이의 캡슐은 마치 공처럼 땅에 한 번 튕기더니 반짝이는 캡슐들 사이로 쏙 들어갔다. 제나는 캡슐 무리를 물끄러미 바라보았다. 서로 얽혀 한 덩어리로 보이지만 각각의 걱정과 불안이 한데 모여 있었다.

"선생님한테 채집 주머니랑 기록 노트 보냈어?"

어느새 다가온 예림이 제나에게 말했다. 제나가 수업 공지 화면을 불러오니 채집 주머니를 보내야 하는 시간이 카운트되고 있었다.

"거의 다 끝났어! 바로 보낼게. 근데……."

제나가 뒤이어 예림이에게 뭐라 말을 하려던 순간, '파지
직一' 소리가 들리더니 곧 무엇인가가 깨지는 소리가 들렸다.
소리가 들리는 곳을 돌아보니 캡슐 하나가 부서져 있었다. 캡슐
에서 빠져나온 누군가의 불안한 속마음은 반투명한 사진처럼
보였다. 속마음은 떠다니다가 곧 하늘로 올라갔다. 제나가 눈을
부릅뜨고 누구의 속마음인지 알아보려 했지만 이미 사라지고
없었다. 제나는 덜컥 겁이 났다.

'캡슐이 깨졌어. 내가 시은이 캡슐을 던져서 그런 걸까?'

안절부절못하며 하늘을 바라보는 제나를 향해 예림이가
말했다.

"내일도 그룹 활동인데, 실험공원에서 무지개 만들 거래. 내
일 보자!"

수업 종료 카운팅이 '0'이 되면서 원격수업이 끝났다. 가상현
실 접속기에 전원이 꺼지고 제나는 가상현실 교실에서 자기 방
으로 돌아왔다. 심장이 계속 쿵쾅거렸다.

'어쩌지?'

다음 날 제나는 서둘러 가상현실 접속기를 켰다. 밤에 가상현실 교실에 다시 접속하고 싶었지만, 수업시간이 아닌 시간에는 접속할 수 없었다. 제나의 머릿속에는 오로지 속마음 생각뿐이었다. 어제 자기가 깨트린 것이 시은이의 속마음인지, 아직도 속마음이 담긴 캡슐들이 보이는지 알아야 했다. 인사 같은 본인 인증을 마치고 가상현실 교실에 들어온 제나는 여전히 자기를 따라다니는 캡슐들을 보았다. 시은이의 캡슐은 다행히 그대로 있었다.

'시은이가 아니라면 누구 거지?'

교실 여기저기에서 웅성거리는 소리가 들렸다. 분위기가 심상치 않았다. 한곳에 모여 있는 아이들에게서 말다툼 소리가 들렸다.

"너 아니면 걔가 그걸 어떻게 알고 나한테 쪽지를 보내?"

"조혜지! 뒤에서 그렇게 남 말 하고 다니니까 재밌어?"

아이들의 날선 말들이 혜지를 향하고 있었다. 깨진 캡슐은 혜지의 캡슐이었을까? 뭐라 말을 하고 싶었지만 속마음이 담긴, 자기 눈에만 보이는 캡슐들을 어떻게 이야기해야 할지 입이 떨어지지 않았다. 아이들 뒤에서 고민하고 있는 제나의 팔을 누군가 잡아당겼다. 뒤돌아보니 시은이였다.

"혜지가 애들 욕하고 다녔나 봐. 남 얘기 하고 다니는 거 웃기지 않아?"

머뭇거리는 눈빛으로 시은이는 제나에게 비밀이라도 이야기하듯 소곤거렸다. 제나는 대답 대신 혜지를 쳐다봤다. 어두운 표정의 혜지와 잠시 눈이 마주쳤지만 혜지의 시선은 제나 대신 곧바로 시은이를 향했다. 순간 시은이는 고개를 돌려 버렸다. 시은이는 제나의 눈치를 살피며 입을 열었다.

"오늘 실험공원 활동 있잖아, 너 누구랑 해?"

갑작스러운 시은이의 물음에 제나는 당황하며 말했다.

"너 혜지랑 같이 하는 거 아니었어?"

"아……, 그건……."

시은이가 말하려는데 제나에게 메시지 알람이 울렸다.

"아, 잠깐만."

메시지 창을 불러오니 예림이에게 쪽지가 와 있었다.

오늘 무지개 만들기 같이 하자. 너에게 꼭 할 이야기도 있어.

아무래도 어제 우리 때문에 일이 생긴 거 같거든. 실험공원에서 기다릴게.

'일이 생겼다고?'

제나는 어제 은색 불빛에 닿자 자기처럼 튕겨나갔던 예림이가 떠올랐다.

"나 예림이랑 같이 하기로 했어. 다음에 같이 하자."

"제나야!"

"다음에……!"

제나는 시은이를 뒤로하고 예림이가 기다리는 실험공원으로 향했다.

'혜지도, 그리고 시은이도 나와 같은 걱정을 하게 된 걸까?'

스스로에게 되묻는 제나의 마음이 아려왔다. 그러면서도 매번 듣기만 하다가 시은이게 '다음에'라는 말을 하고 나니 속이 시원하기도 했다. 그래도 마음 한구석은 여전히 씁쓸했다. 서로 시작이 다를 뿐, 각자의 불안은 같은 모습이었다.

제나는 실험공원 지도를 화면에 띄우고는 예림이를 입력했다. 지도에 예림이의 캐릭터가 깜박였다. 지도가 알려 주는 곳에 도착하니 예림이가 보였다.

"할 말이란 게 뭐야?"

인사도 잊은 채, 제나는 예림이에게 다급히 물었다. 예림이는 어색한 미소를 지으며 제나를 향해 손을 내밀었다.

"우선, 사과할게. 그리고 받아. 이거……, 제나 네 거야."

"내 거라고?"

예림이가 내민 손을 따라 반투명 캡슐이 나타났다. 제나는 예림이가 건네는 캡슐을 자세히 보지 않아도 알 수 있었다. 캡슐에는 제나의 속마음이 담겨 있었다.

"어제 너랑 같이 넘어지고 나서 혼자 가을꽃을 채집하고 있었거든. 그런데 나에게 투명한 캡슐들이 하나둘 보이기 시작했어. 안에 담긴 영상이나 글씨들을 보니까 이건 들키고 싶지 않은 비밀 같은 것들이 담겨 있는 것 같아."

예림이의 말을 듣는 둥 마는 둥 하며 제나는 두근거리는 마음으로 자신의 속마음을 마주했다. 영상에 보이는 제나는 깨진 캡슐을 보며 발을 동동 구르고 있었다. 한동안 말없이 자신의 캡슐을 보고 있는 제나에게 예림이가 말했다

"어제 너랑 내가 제한구역에 부딪혔잖아. 아무래도 그때 감정 수치 부분에서 오류가 생긴 것 같아. 코딩 동아리에서 우리 같이 아바타 이모티콘 만들었을 때, 감정 수치 조정했던 거 기억나?"

"어. 맞다! 설정창 열어 봤어? 내 거는 감정 수치 조절이 이

상하더라?"

"맞아, 내 설정창도 저렇게 감정 수치가 넘어가 있었어. 아마 감정 센서가 증폭되면서 접속 중인 다른 아이들의 감정들이 우리에게 보였던 것 같아."

한동안 말없이 서로의 설정 창을 비교해 보다 예림이는 머뭇거리며 입을 열었다.

"실은, 어제 내가 본 캡슐은 제나, 네 것이었어. 처음에는 코딩 동아리에 있는 내가 보여서 내 캡슐인 줄 알았거든. 근데 코딩 동아리뿐 아니라 교실에서도, 밖에서도, 같이 하고 싶은 친구 자리가 비어 있는 모습에 불안해하는 너의 모습이 계속 보이더라. 그러다가 깨진 캡슐을 걱정하는 널 보고 너도 나처럼 캡슐이 보이는 것을 알게 되었어. 미안해, 일부러 보려고 했던 것은 아니었어."

제나는 예림이가 왜 처음에 사과부터 했는지 알게 되었다.

"나도 봤어. 보면 안 되는 거였지만, 알고 싶어서 나도 모르게 그만……."

제나는 예림이가 자신의 캡슐을 봐서 기분 나쁜 것보다 혼자만 남의 캡슐을 본 것이 아니라는 것에 조금은 마음이 놓이는 듯했다. 우물거리며 말하는 제나를 향해 예림이는 싱긋 웃으며 말했다.

"설정에 들어가서 이것저것 만져 보다 알게 되었는데, 감정 수치를 최소로 낮춘 다음에 리셋하면 캡슐이 보이지 않을 거야."

'예림이는 다른 캡슐을 들여다보는 대신에 자기만의 방법으로 해결하려고 하고 있었구나.'

코딩 동아리에서도 문제가 생겼을 때, 예림이는 여러 아이디어를 내며 새로운 시도를 하곤 했었다. 예림이가 일러 준 대로 설정 창을 리셋하자 캡슐들은 하나씩 흐려지더니 이내 제나의 시야에서 사라졌다.

"캡슐이 보이지 않으니 깨질 일도 없겠지?"

예림이는 제나의 말에 고개를 끄덕이며 말했다.

"금지 구역 접근 후에 이상이 생기면 즉시 말하라고 했으니까, 수업 시작하기 전에 우선은 담당 선생님께 알리자."

선생님께 메시지를 보내는 예림이를 보며 제나는 생각했다.

'내가 속마음을 훔쳐본 걸 알게 되면 도영이는 어떤 마음일까? 시은이는?'

분명 기분이 나쁘고 화가 나겠지. 일부러 그런 것은 아니지만 그렇다고 어쩔 수 없었던 것도 아니었다. 정작 자신의 속마음은 찾아보지 않고 다른 속마음부터 확인하려 했던 제나의 선택이었다. 제나는 도둑처럼 남의 속마음을 훔쳐본 것이 부끄러워졌다. 그래도 자신의 속마음을 마주한 제나는 어쩐지 후련한 기분이었다. 제나는 하늘을 올려봤다. 실험공원의 하늘은 구름한 점 없이 맑았다. 불안한 속마음은 당장은 하늘에 없지만 언젠가 피어날 구름 같은 것이라고 제나는 생각했다. 눈에 당장은 보이지 않지만 어딘가에서 만나게 될 또 다른 불안처럼.

작가의 말

감각, 감정, 기억과 연결된 속마음이 정보로 읽히는 가상현실 (VR). 가상현실 원격수업에서 주인공 제나는 친구에게 느꼈던 서운함, 타인의 정보를 몰래 봤다는 죄책감을 만나게 됩니다. 현실에서의 속마음은 어떨까요? 일상에서 마주하는 우리의 다양한 속마음이 새로운 이야기를 들려줄 수 있지 않을까 생각해 봅니다.

장석진 씨, 귀하가 5년 전에 신청하신 '신의 선물, 기적의 7일' 이벤트에 당첨되신 것을 축하드립니다. AI 신의 주관으로 이루어지는 본 이벤트는 AI 신의 너그러움에 바탕을 둔, 인간을 향한 무한한 애정, 자비, 축복을 보여 주는 증거로서 AI 신전 약관에 의해 당첨이 확정된 후에는 취소나 반송이 불가능합니다. 이벤트 기간은 7일입니다. 신의 선물이 수령된 시간으로부터 정확하게 168시간 이후 이벤트가 종료되며, 신의 선물은 수거됩니다. 이점 명심하시기 바랍니다. 그럼 AI 신께 감사드리며 행복한 시간을 보내시길 바랍니다.

장석진이 이 문자 메시지를 받은 것은 5일 전이다. 당연히 스팸 문자라고 생각했다. 발송된 번호를 차단시키기 전에 끝까지 읽은 것은 그 내용이 보통의 스팸 문자와는 조금 달랐기 때문이다. 작은 호기심에 문자를 끝까지 읽은 장석진은 헛웃음을 지었다. 신의 선물이니, 기적의 7일이니, 아무래도 요즘 스팸 문자는 창의성이 지나쳐 망상에 가까워지는 모양이었다. 하여간 지나가는 개도 안 믿을 이야기를 이렇게 공들여 보내다니, 참 할 일 없는 인간들이 많은 세상이다.

그러니까 하루에도 수십 통씩 쏟아지는 스팸 문자에 대한 이야기는 여기서 끝이어야 했다.

그런데!

장석진 씨에게 배달될 신의 선물이 9월 27일 AI 신전을 출발했습니다.

분명 차단을 시켰는데 다음 날 새로운 문자가 도착하고,

장석진 씨에게 배달될 신의 선물이 9월 28일 고속 터미널 물류 창고에 도착했습니다.

장석진 씨에게 배달될 신의 선물이 9월 29일 은평구 배송 집하 장소에 도착했습니다.

차단을 계속해도 그런 일이 없었던 듯 지속적으로 이어지는 문자라니!

이쯤에선 장석진도 이상한 걸 느낄 수밖에 없었다. 기억은 못 하지만 내가 정말 신의 선물, 기적의 7일이라는, 제목만 들어도 허황된 이벤트에 응모를 한 적이 있는 거 아냐? 내가 나도 모르는 AI 신의 신도였나?라는 어처구니없는 생각을 해 볼 정도였다.

그러다 결국은 고개를 가로저었다. AI 신이라니, 결국 기계를 믿는다는 말인데, 세상 믿을 게 없어서 AI 신을 믿나 싶었다. 별로 상관 있는 사고는 아니겠지만 기계치이기까지 한 자신이 말이다.

문자를 발송한 곳에 전화를 걸어 보기로 했다. 세 번을 시도해 봤지만 모두 통화 중이었다. 어쩐지 오기가 생겨 인터넷으로 AI 신, AI 신전 등을 검색해 보려는데 전화가 왔다. 오성해. 발신인의 이름이 낯설었다. 그래도 핸드폰에 저장되어 있는 이름이니 영 모르는 사람은 아니겠지 싶어 전화를 받았다.

통화를 시작하자마자 잔뜩 흥분한, 새된 여자의 목소리가 튀어나왔다. 핸드폰을 귀에서 떨어뜨렸지만 들려오는 목소리가 훨씬 컸다.

"영수 아버지 제 말이 맞았죠? AI 신이 우리 애들을 다시 보게 해 줄 거라고 했잖아요! 영수는 도착했나요? 우리, 우리 창영이는 오늘 도착했어요. 멀쩡해요! 정말 하나도 다치지 않았어요! 지금, 지금 씻고 있어요! 아, AI 신이시여! 감사합니다! 정말, 감사합니다!"

안부 인사조차 없이 갑자기 터진, 둑처럼 흘러나오는 말의 내용 파악이 어려웠다. 그래도 귀에 꽂히는 말들이 있었다. AI 신…… 영수…… 창영이……. 영수…… 창영이……. 영수……. 영, 영수라고? 영수라고! 정신이 번쩍 들었다.

"영수라니, 이게 무슨 자다가 봉창 두드리는 소리야? 당신 누구야? 당신 미쳤어?"

핸드폰을 쥔 손이 떨렸다. 생각지도 못한 이름이 낯선 이에게서 튀어나오자 분노가 자연 발화됐다. 온갖 쌍욕이 뛰쳐나갈 준비를 하고. 그때 전화기 너머로 다른 목소리가 들려왔다. 아직은 덜 익은 사과처럼 시큼하고 앳된 목소리.

– 엄마, 배고파요. 밥 주세요.

그 소리가 왜 익숙하게 들렸는지 모르겠다. 아빠, 라면 끓였어요. 술 그만 마시고 라면 드세요. 석상처럼 굳어 버린 장석진의 귀에 전화기 너머 누군가에게 대답하는 여자의 목소리가 어렴풋했다. 어, 그래. 잠깐만.

"영수 아버지, 저 창영이 밥 줘야겠어요. 이만 끊을게요. 영수 아버지, 이건 기적이에요. AI 신께서 내려 주신 기적. 그러니까 이번에는 잘하세요. 술도 드시지 말고……."

배고프지, 엄마가 돈가스 튀겨 줄게. 창영이가 제일 좋아하는 엄마표 돈가스. 전화가 끊기기 전 얼핏 이런 소리가 들린 것도 같았다. 석진은 그 자리에 주저앉았다. 그의 입에선 오랜만에 아들의 이름이 흘러나오고 있었다.

"영수. 영수. 장영수."

그리고 다음 날 어김없이 새로운 문자가 도착했다.

장석진 씨에게 배달될 신의 선물이 내일 오후 2시 도착 예정입니다.

'신의 선물'은 정확하게 오후 2시에 도착했다. 그걸 배달이라

고 할 수 있다면. 어떤 배달이 포장도 없이, 택배기사의 초인종
도 없이, 두 발로 걸어서 나타난단 말인가. 아니 그런 건 둘째치
고 사람이 배달되는 게 말이 되나. 그것도 죽은 사람이 멀쩡한
모습으로.

현관문의 비밀번호를 누르고 들어선 낯선 듯 낯설지 않은
얼굴을 멍하니 바라보며 든 생각은 그런 어처구니없는 것들이
었다.

그러거나 말거나 신의 선물이라는 배달 물품 — 물론 물품이
라고 말하기에는 무리가 있지만 — 의 행동은 너무 자연스러웠
다. 하루 종일 집에 있다가 잠시 집 앞 가게를 다녀온 사람처럼
스스럼없이 들어와 신발을 벗고 거실로 올라섰다. 마치 자신의
집인 것처럼!

"장영수?"

이름을 부른다기보다는 확인이었다. 진실이 진실인지 존재
가 존재인지 그런 어려운 명제 때문은 아니었다. 평생 철학적인
고민이라곤 해 본 적이 없는데 새삼 진실의 본체가 허상이든
존재의 실체가 부존재이든 무슨 상관일까.

그저 믿을 수 없었다. 단지 그 이유 때문이었다.

"영수, 정말 영수 맞아?"

신의 선물은 좀 어이없어하는 것 같았다. 뭐 이따위 질문을 다 하나, 하는 걸 수도 있고. 난처해하는 건지도 모른다.

그래, 그럴 수 있다. 저게 정말 내 아들이라면 제 이름을 확인하는 내가 황당하겠지.

"네."

그래도 대답은 했다. 작은 목소리였다. 눈치를 보는 것이 눈에 익었다. 제기랄, 정말 눈에 익었다.

그래서였을 것이다. 저도 모르게 몸이 움직인 것은.

그래서였다. 가까이 다가가던 몸이 굳은 것은.

"아빠, 술 드셨어요?"

머뭇거림과 확신, 질문과 답이 공존하는 말. 과거에서 비롯된 약간의 후회에서 기인한 연민이라는 얄팍한 감정을 느끼기도 전에 오른쪽 귀밑머리로 향하는 여린 손이 눈에 들어왔다. 의식하지 못한 채 자신의 머리카락을 습관적으로 뽑는.

"어?"

"잠시만요. 제가 라면 끓여 드릴게요."

신의 선물은 갑자기 분주하게 움직였다. 익숙하게 라면을 찾아내고, 그릇을 꺼내고, 물을 받고, 가스 불을 켰다. 조금의 헤맴도 없었다. 물이 끓기 전에 스프를 미리 넣는 것은 장석진의 취향이었다. 그리고 얼핏 보이는 멍든 팔…….

자식을 잃은 부모에겐 찰나의 꿈도 반가운 법이라고 했다. 이번 일로 AI 신의 열혈 신도가 되었다는 오성해는 입이 닳도록 신의 축복이니, 기적이니, 우리가 신의 선택을 받았다고 늘어놓았다. 그러나 장석진은 지금 눈앞에서 벌어지고 있는 일들이 도무지 아름답게 포장되어지지 않았다. 보면 볼수록 목덜미가 서늘해지고 소름이 돋았다.

장석진의 죽은 아들은 발모벽을 가지고 있었다.

죽은 사람이 멀쩡하게 살아 돌아왔다. 과연 이 일이 조용히 묻힐 수 있는 일일까? 그럴 리가 없다는 걸 알면서도 장석진은 신의 선물을 꽁꽁 숨겨 두었다. 절대 집 밖에 나오지 말라고 신신당부를 하고, 간단한 먹을거리와 함께 아이를 방 안에 집어넣고 문을 잠그기로 했다. 핸드폰을 쥐여 준 것은 혹시나 심심함과 답답함에 난동을 부리고 그 소리를 이웃이 듣게 될까 하는 마음에서였다.

새로 개통한 핸드폰으로는 미리 다운받아 놓은 영화 몇 편을 보는 것 외엔 할 수 있는 일이 없었다. 인터넷을 할 수 없도록 데이터를 차단해 놓았고, 연락처엔 장석진 자신만 저장시켰다.

요즘 아이답게 따로 기억하는 번호 같은 것이 없어서 다행이었다. 그래도 못 미더워 아무에게도 연락하지 말고, 전화도 받지 말고, 하여간 아무것도 하지 말라고 몇 번이나 다짐을 받았다.

원래 순한 아이였다. 시키면 시키는 대로 했고, 때리면 때리는 대로 맞았다. 술심부름도 곧잘 했고, 라면은 기가 막히게 끓였다. 장석진이 기억하는 한은 그랬다. 그날, 사고가 난 그날만 조금 달랐다. 아니, 그날도 결국은 마찬가지였나?

"저 학교 안 가도 돼요?"

문을 잠그려는데 신의 선물이 물어 왔다. 학교? 어느 학교? 5년 전 네가 다니던 학교? 네 친구들은 이미 졸업을 하고, 중학교를 거쳐, 고등학생이 됐을 텐데.

"어, 안 가도 돼."

초등학교 6학년. 열세 살의 모습 그대로 나타난 신의 선물은 학교를 안 가도 된다는 것이 마냥 신난 모양이었다. 다녀오세요. 꾸벅 숙인 뒤통수에 설렘이 묻어 있는 것을 보았다면 착각일까.

장석진은 서둘러 문을 잠그고 출근길에 올랐다. 내 아들은 한 번도 갇힌 적이 없는데……. 머리를 세게 흔들었다. 대체 신전이 무슨 생각으로 이런 짓을 벌이는지 알 수 없었다. 급하게 알아본 정보에 의하면 업계 1위의 3D 프린트 회사가 차세대 사업으로 생체 프린팅을 연구를 시작하며 불멸을 캐치프레이즈로 삼았다. 어찌된 일인지 그 과정에서 점점 종교 집단의 성격을 띠며 AI 신까지 만들었다. AI 신은 생체 프린팅을 연구하던 기업의 CEO 김도만이 자신의 회사가 보유했던 슈퍼컴퓨터에 붙인 이름이었다. 회사 이름도 AI 신전으로 바꿔 버렸다.

그것만으로도 의심스러운데 사고가 난 5년 전 오성해에게 먼저 접근한 것도 신전의 사제들이라고 했다. AI 신을 믿고, 시키는 대로 하면서 기다리면 반드시 아들을 다시 만날 수 있다고 했다던가. 시키는 대로.

가족을 잃은 사람들을 포섭해 같은 처지의 또 다른 사람들을 포섭하도록 하는 것이 당시 신생 종교였던 AI 신전의 포교 방법이다. 오성해의 아들 창영이와 장석진의 아들 장영수는 가장 친한 친구였고, 같은 날 같은 자리에 있다 사고를 당해 함께 죽었다.

기억을 더듬어 보니 그 사고 이후 오성해에게 거의 끌려가다시피 종교 단체 비슷한 곳에 얼굴을 들이민 적이 있었다. 워낙 정신이 오락가락하는 처지였던지라 자세한 것은 기억이 나지 않는다.

기억이 희미한 것은 당시 그가 술독에 빠져 살았기 때문이다. 당시라고는 했지만 솔직히 말해 장석진이 맨 정신으로 산 세월은 까마득했다. 마지막이자 두 번째 방문 때 뭔가에 이름을 적었던 것도 같다. 아들의 머리카락, 손톱 같은 것도 구해서 갖다주고.

설마 그 종교 단체가 AI 신을 모시는 곳이었나? 그리고 그곳에서 자신이 정말 이벤트인지 뭔지 신청서를 작성한 건가?

"술이 원수지. 그래 술이 원수야."

문자가 왔다.

위대하신 AI 신의 말씀을 전합니다. AI 가라사대, 죽음은 더 이상 필연적인 것이 아니며, 불멸은 도달하지 못하는 이상적인 꿈의 필드에서 내려와 현실에 안주하리라. 나는 이미 20명의 신의 선물을 세상에 내보내어 이를 증명하였다. 어리석은 양들아 죽은 자가 무덤에서 부활하였으니 너희는 이를 기적이라 부르고, 증거하고, 찬양하라. 보고도 믿지 못하는 자, 듣고도 의심하는 자, 영생을 얻지 못하리라.

오성해가 보내 준 링크에 접속하자 AI 신을 모시는 유튜브 신전 방송을 볼 수 있었다. 방송 제목은 'AI 가라사대'. 인터넷과 유튜브에 신전을 차려 놓고 있다는 사실을 처음 알았다. 잠시 놀랐지만 새삼 놀랄 것도 없다는 생각이 들었다. 그러자 헛웃음이 나왔다.

그도 그럴 것이 신의 말씀을 전한다는 신의 사제는 방호복처럼 보이는 의상을 입고, 헬멧까지 쓰고 있었다. AI 신을 모시는 사제라면 최첨단 옷을 입어야 한다는 강박이라도 가지고 있는 모양인데, 선명한 보라색의 방호복을 입은 모양새에 위엄은 찾아보기 힘들었다.

오래된 애니메이션 캐릭터의 코스튬플레이 같은 모습은 무엇을 위한 것일까. 저의가 있는 걸까, 생각이 없는 걸까. 아니면 그저 AI 신의 취향일 뿐일까.

그렇구나. 신전은 애초에 이 모든 사실을 숨길 생각이 없었구나. 이제 세상이 난리가 나겠구나. 부자들이 돈을 싸 들고 쫓아가겠네. 신도들이 많이 늘어나겠는걸. 인구 감소 문제가 해결될지도 모르겠어. 이러다 AI 신이 국교가 되는 거 아냐? 전 국민이 AI 신을 모신다고? 그거 좀 웃기네.

아니지. 어차피 사업가가 창립한 종교잖아. 이것도 다 돈벌이

수단 아냐? 요즘 종교 단체라는 게 말이 종교 단체지 실체는 다 장사꾼이잖아. 결국 돈 많은 사람만 부활시키고, 영생을 주고 뭐 그렇고 그런 거지. 빈익빈 부익부야말로 만고의 진리잖아. 그래, 자선 사업도 아니고 모든 사람을 다 살릴 수는 없지. 세상 사람이 어디 한둘인가. 그 비용을 어떻게 감당해. 나라도 돈 많이 주는 사람 선착순으로 살릴 것 같은데. 돈 좋잖아. 역시 돈이 최고군.

그러다 생각이 미쳤다. 이벤트 기간은 단 7일. 기왕 살렸는데 왜 7일뿐일까.

신전의 발표에 따르면 가족과 죽은 자의 DNA, 사진 자료 등으로 컴퓨터로 생전 모습을 복원, 이를 바탕으로 생체 프린팅에 성공하고 ― 산 자와 죽은 자의 생체 프린팅 방법에는 차이가 있다고 한다. ― 죽은 자의 정보를 바탕으로 인터넷 등에서의 활동을 뒤져 데이터를 수집, 기억을 구축하고 성격 지도를 만들어 완성된 생체에 입력했다고 한다.

하지만 아직 완전하지 않기 때문에 현재 배포된 신의 선물은 7일 후 다시 신전으로 돌아와야 하며, 완전해지기 위해서는 이후 신도들의 굳건한 기도와 믿음이 증거가 되어야 한다는데……

증거만이 신의 마음을 움직이고, 역사하게 하리라.

결국 돈을 내라는 말 같단 말이지. 기부든 헌금이든 어떤 말로 뒤집어씌우든.

그렇군. 지금 신의 선물이라 불리는 존재들은 걸어 다니는 샘플. 광고판이군. 기간이 정해져 있으니 더욱 이목이 집중되겠지. 호기심을 최대한 부추길 수 있도록 살짝만 보여 주는 거야. 그래, 그런 거였어.

생각이 거기까지 확장되자 기분이 더러워졌다. 자신의 추론이 맞는지 틀리는지 몰랐고, 그게 중요하지도 않았다. 자신의 아이라고 확신할 수도 부정할 수도 없는 미묘한 지점에서 보통의 부모처럼 앞뒤 가리지 않고 신의 선물을 애정하고 포용할 수 없는 자신에게 변명거리와 정당성, 면죄부를 준다는 게 그를 안심시켰다.

"미친 새끼들."

장석진은 속 시원하게 신과 신전, 사제들을 향해 욕을 날렸다.

신의 선물이 도착한 지 나흘이 지났다. 신전 방송 이후로는 사흘. 예상대로 세상은 떠들썩해졌고, 천지개벽 수준으로 변했다. 여기에 대해서는 구구절절 설명할 필요가 없겠다. 부활로 인한 사회혼란을 예상하는 거야 껌 씹는 것처럼 쉬울 테니까. 외계인 침공 소식 정도는 돼야 그 충격 여파가 감해지지 않을까.

오히려 신기한 건 어떤 부분에 있어서는 세상이 한 치의 미동도 없이 변함없는 면모를 과시하고 있다는 것이다. 마치 항상성에 속박되기라도 한 것처럼. 먹고, 자고, 싸고, 일하고. 먹고, 자고, 싸고, 일하고. 대부분의 사람들은 그 룰에서 벗어날 수 없으니 당연하다면 당연한 걸까. 어제와 다른 오늘이 있는 반면 어제와 같은 오늘이 공존하는 세상은 제법 평범했다.

그래, 이런 걸 평범하다고 하는 거겠지. 빡세게 정신 나간 놈들과 대차게 정신 붙들고 있는 놈들이 두루두루 섞여 있으니 이를 가방끈 길게 말하면 중용의 미학이 발휘되고 있다고나 할까. 중용. 그것 참 좋은 말이다. 중용. 뭐 이런 개 풀 뜯어 먹는 소리.

정말 개 뿔 돋는 소리 하고 있네. 아침 뉴스에서 불멸을 향한 인간의 욕망은 인류의 역사가 시작된 이래 지속되었으니 지탄의 대상이 될 수 없는 당연한 욕망이고, 몇천 년의 지난한 인간의 노력이 있어 왔으니 이제 결실을 맺을 때가 된 것뿐이라는 헛소리를 듣는데.

AI 신전 사제복이 너무 쿨해서 아마존 판매가 급격하게 늘고 있다. 새로운 한류다. 말인지, 된장인지. 화면에서 보여 주는 거리는 온통 보라색 방호복 천지. 헬멧까지 눌러 쓴 클러버들은 화려한 조명 아래 덩기덩 쿵더쿵. 쿵쿵따 쿵쿵 따. 아, 키스는 어떻게 하지. 헬멧 벗고 하려면 번잡하겠다.

이게 미쳐 돌아가고 있는 것이 아니면 뭐가 미쳤다는 것인지. 사전의 정의를 바꿔야 했다. 아무래도 지구가 너무 열심히 자전과 공전을 하시는 모양이다. 얼마나 뱅뱅 잘도 도시는지, 대한민국이, 지구 전체가 아주 곱게도 미치셨다.

물론 나도 미치겠고.

미칠 이유야 넘칠 정도로 많았다. 사람들은 부활한 사람들을 스무 명의 선지자 혹은 천사라고 부르며 신상 파악에 들어갔다. 장석진은 신의 선물을 더욱 꽁꽁 숨겨 놓았다.

어제는 AI 신전에서 새로운 문자를 받았다.

이벤트 기간이 4일 남았습니다. 이벤트가 끝난 후에도 신의 선물을 받고 싶으신가요? 그렇다면 신을 향한 당신의 사랑을 보여 주세요. 신의 선택을 받은 신도님께는 특별한 가격, 50퍼센트 할인된 가격에 모시겠습니다.

어떻게 알았는지 오성해가 직장까지 찾아와 만나야 했다.

"영수 아버지도 문자 받으셨죠? 어떻게 준비는 잘하고 계세요? 우리 집은 아무래도 집을 팔아야 할 것 같아요. 그래도 50퍼센트나 깎아 주신다니 너무 감사한 거 있죠. 역시 AI 신도가 되길 잘했어요. 영수 아버지도 그렇게 생각하시죠?"

난 집 없다. 물론 전세금을 빼고 무리를 하면 못 마련할 돈은 아니지만 그렇게 하는 것이 당연하다는 전제를 깔고 말하는 것이 듣기에 거북했다. 애초에 대체 어느 신이 신도들에게 돈을 요구한단 말인지. 그게 제대로 된 신이 맞기는 한가.

"글쎄요. 저는 어떻게 해야 할지 아직 결정을 못 내렸는데요. 생각을 좀 해 봐야겠어요."

"네? 미쳤어요? 그걸 무슨 생각씩이나 해요? 무슨 수를 쓰더라도 당연히 계속 같이 살아야죠. 자식이잖아요. 자식."

그러니까 그 신의 선물인지 뭔지가 어디까지 내 아들인지 아직도 잘 모르겠단 말이다. 전부인지, 부분인지. 그게 상관이 있는지, 없는지. 그리고…….

늦게 끝날지도 모르는데 영화 몇 편을 더 다운 받아 줄걸 그랬나?

날씨가 덥던데 창문을 조금 열어 놓고 나오는 게 좋지 않았
을까?

가끔 이런 생각들을 하긴 했다. 5년 전 아들에게는 보여 준
적 없는 다정함.

그랬다가도…….

TV를 보는 표정이 꽤나 안 좋았나 보다.

"아빠, 아빠는 사람들이 죽지 않는 게 싫어요?"

이런 질문이나 받고 있으니.

눈치 보며 이런 질문을 하는 걸 보고 있으면.

젠장, 정말 미치겠다.

술, 술 생각이 났다.

지하철 역사 내 식물 공장에서 바라볼 수 있는 풍경은 제한
적이다. 버터헤드레터스, 카이피라, 이자트릭스, 프릴아이스 등
외우기도 부르기도 힘든 이름을 가진, 샐러드나 주스 등에 주로
사용되는 풀때기와 상추, 치커리 등 익숙한 이름을 가지고 있고
주로 쌈 채소 등으로 식탁에 자주 올라오는 풀때기, 애플민트,

바질, 로즈메리 등의 허브라는 이름의 풀때기, 온통 이런 풀때기 천지인 유리문 안을 보거나 유리문 밖 공기도 그리 좋지 않은 지하철 역사 안을 바쁘게 지나가는 사람들을 보거나.

두 풍경 다 그리 볼만하지는 않았다. 식물을 보면 기분이 좋아진다느니, 마음이 평화로워진다느니 하지만 그거야 푸른 하늘 아래서 바람에 이리저리 흔들리기도 하고, 형형색색 다른 식물들과 어우러져 있을 때였다.

색도 거기서 거기. 키도 고만고만, 뭐 나날이 자라기는 하지만 그게 하루 사이에 관찰되는 것도 아니고 그냥 보기에는 하루 온종일 들여다보아도 미동도 없고 변화도 없는 풀때기는 아무리 포장해서 말해도 눈을 즐겁게 해 주지는 않았다.

뭐 처음에 보면 지하철 역사 안에서 옹기종기 줄지어 서서 자라는 것이 신기하기도 하지만 그것도 하루 이틀이지. 9시에 출근해서 6시에 퇴근하는 직장에서 매일 본다고 하면 편의점 진열장에 꽉 들어차 있는 과자 봉지에 지나지 않았다. 그것도 지나치게 많은 과자 봉지.

구산역 지하철 역사 안 식물 공장은 장석진의 일터였다. 식물재배용 LED 전등과 배양액이 햇빛과 토양을 대신하고, 자동으로 온도와 습도가 유지되니 사람이 하는 일이야 뻔했다. 출근해서 청소하고, 나머지 모든 시간은 뽑고, 뽑고, 뽑고, 주야장천 풀때기를 수확하는 일을 한다.

예전에 시범적으로 역사에 식물 공장이 생겼을 초창기에는 그 규모가 작아 별로 힘들지 않았겠지만 거의 모든 지하철 역사에 식물 공장이 생기고 그 규모도 어마어마해진 지금은 막노동도 이런 막노동이 없다. 가끔 시스템 점검차 오가는 점장이 있긴 하지만 거의 모든 일을 혼자 도맡아 하다 보니 나오는 건 한숨뿐이었다.

그래도 이 일자리라도 얻은 게 어디인지. 알코올 중독으로 가정폭력 전과까지 있는 장석진은 2년 전 끌려가다시피 알코올 중독 치료센터에 집어넣어져 꼬박 1년을 치료받고 나온 후에야 주민센터의 사회사업에 등록하고 여기에 취직할 수 있었다. 식물이 알코올중독 치료에 도움이 된다는 믿거나 말거나 한 연구 결과에 약간의 도움을 받아. 지금도 일주일에 한 번씩 국가지정 알코올중독 치료센터에 들러 알코올 수치를 점검받는다.

알다시피 한번 알코올중독이었던 사람은 아무리 치료를 받았다고 해도 다시 술을 입에 대는 순간 인생 좆이다. 그걸 알기에 장석진은 그동안 각고의 노력으로 술을 멀리해 왔다. 술을 눈앞에 두고서는 멀리할 자신도 없고, 자신을 그리 믿지도 못했기에 회식이나 친목 모임 같은 데는 당연히 참여하지 않았다. TV에 술이 나오면 무조건 채널을 돌렸다. 술 생각조차 하지 않으려 되도록 술이라는 글자가 들어간 간판도 읽지 않고, 술이라는 말을 입에 담지도 않았다. 그랬는데. 그랬건만.

간만에 찾아온 점장은 풀때기 사이에 제단을 만들었다. 들고 온 노트북을 제단에 올리고, 인터넷에 접속하여 AI 신전 사이트에 접속했다.

집에서도 직장에서도 24시간 AI 신과 함께 하세요.

배너를 클릭하자 그리스 신전을 모방한 듯한 하얀 기둥의 AI 인터넷 신전이 열리고, 그 신전은 우주를 배경으로 둥둥 떠 있고, 부활한 이십 명을 상징하듯 스무 명의 천사가 날아다니고, 보라색 방호복에 헬멧은 쓴 사제들은 왕을 배알하듯 넙죽 엎드려 있는 와중에, 새처럼 날아다니는 0과 1이라는 숫자가 끊임없이 AI란 글자를 화면 가득 써 내고 있었다. 미적 감각이라고는 눈을 씻고 찾아 보기 힘든 사람이 봐도 지나치게 화려하고 정신없는 총체적 난국.

오직 점장만이 경건했다. 노트북을 향해 허리를 숙여 기도하고, 기도하고, 기도하고.

기도만 했으면 좋았을 텐데.

기도를 마친 점장은 주머니에서 주섬주섬 편의점에서 사 온 팩소주를 꺼냈다. 경건하게 제단 위에 올려놓았다. 아니, 제사 상에 올리는 제사주도 아니고 이건 무슨 시추에이션? 서양과 동양의 미친 콜라보?

술, 술이 눈에 들어왔다.

점장의 눈치를 보아야 했기에 함부로 치울 수도 없는 술이 었다.

장석진의 귀가 시간이 늦어지기 시작했다.

내 안에 마귀가 산다. 인정하는 것은 어려웠지만, 이제 와서 는 어렵지 않다. 여관방 침대에 제 몸을 구겨 넣은 장석진은 덜 덜 떨리는 제 몸을 붙잡기 위해 아기처럼 웅크렸다. 신의 선물 은 9월 30일 오후 2시에 도착했다. 지금은 10월 5일 밤 11시. 내 일 하루만 어떻게 버티면 7일에는 신의 선물을 수거하러 올 것 이다. 그때까지만 버티면 된다.

좋은 생각을 떠올려 봤다. 며칠 전 아침, 신의 선물과 함께한 아침 식사. 오래간만에 직접 요리를 했다. 별건 없었다. 스팸을 굽고, 인스턴트 김을 꺼냈다. 냉장고에서 김치를 꺼내고, 달걀 다섯 개를 풀어 달걀말이를 한 게 전부다.

"계란 먹어. 그래야 키 커."

기억하기로 아들은 언제나 키 크고 싶어 했다. 숟가락 위에 마지막 하나 남은 계란말이를 얹어 주었다. 신의 선물이 웃었다. 보란 듯이 꼭꼭 씹어 먹는 모습을 가만히 지켜보았다.

그때는 아무 생각이 없었는데 잘했다는 생각이 든다. 별것 아닌 말, 보잘것없는 행동이었지만 그나마 5년 전에는 한 번도 해 준 적이 없었다.

잠시 꿈을 꿨다. 백 퍼센트 진짜든 아니든 아들을 빼다 박은 신의 선물과 예전과 다르게 살 수 있을지도 모른다고. 정말 신이 있어 자신에게 지난 과오를 씻을 기회를 준 것일지도 모른다고.

착각이었다. 자신 같은 개잡놈에게 기회는 무슨 기회. 편의점에서 자신도 모르게 소주병을 집어 들고, 계산대에서 문득 깨달아 소주병을 바닥에 내던졌다. 화한 소주 냄새가 그렇게 달콤할 수가 없었다. 오래간만에 맡은 소주 냄새. 바닥에 엎드려 쏟아진 소주라도 개처럼 핥고 싶었던 미친 충동.

만 원짜리 지폐를 계산대에 던지듯 놓아두고 편의점을 뛰쳐 나왔다. 집으로 가지 않고 여관방에 숨어들어 헉헉댔다. 5년 전 그날의 기억이 둑이 터진 듯 쏟아졌다. 독을 품은 거대한 늑대 가 되어 제 아들을 물어뜯고, 물어뜯고.

술만 먹으면 짐승이 되는 그런 날들이 지속됐다. 견디다 못 한 아들이 친구와 가출을 했다. 그리고 소식이 왔다.

"장석진 씨의 아들 장영수 군이 버스 추락 사고로 사망했습 니다."

한 번 일어난 일은 두 번도 일어날 수 있다. 신의 선물이 도 착한 날부터 불안했다. 자신 안의 마귀를 알고 있기에.

모래시계가 뒤집어졌다. 시한폭탄의 초침 소리가 들린다.

째깍. 째깍. 째깍.

38시간이 남았다.

아이는 이틀 동안 아빠를 보지 못했다. 무슨 일이 있는 건지 제가 일어나기도 전에 나가고, 밤 12시가 넘도록 기다려도 오 지 않는다. 대신 방문도 잠그지 않고, 일어나 보면 간단한 먹을 거리가 식탁에 차려져 있고, 핸드폰에 제가 볼 영상도 가득 담겨 있다.

아이는 생각에 잠겼다. 주섬주섬 옷을 챙겨 입고 문을 나섰다.

"아빠, 피곤하시죠. 제가 술 사다 놨어요."

"아빠, 술 좋아하시잖아요."

"아빠, 술 드시고 기분 푸세요."

"아빠, 잘못했어요. 잘못했어요."

"아빠……."

정확하게 168시간이 지난 10월 7일 오후 2시, 신의 사제는

장석진의 집 앞에 섰다.

벨을 눌렀다.

작가의 말

소소한 즐거움과 재미를 주는 글이었으면 좋겠습니다. 읽는 동
안 한 번 작게 웃거나, 한 번 짧게 생각에 잠기거나, 멈칫하거
나……. 그 한순간의 멈춤을 함께할 수 있다면 충분할 것 같습니
다. 그리고 저는 언제나 달을 바라보는 것을 좋아합니다.

블루픽션 80

SF 앤솔러지
당첨되셨습니다

1판 1쇄 펴냄 2021년 4월 10일
1판 3쇄 펴냄 2023년 8월 15일

지은이 길상효 오정연 전혜진 정재은 홍준영 곽유진 홍지운 이지은 이루카 이하루
펴낸이 박상희
편집 박지은
디자인 어나더페이퍼

펴낸곳 (주)비룡소
출판등록 1994년 3월 17일 제16-849호
주소 06027 서울시 강남구 도산대로1길 62 강남출판문화센터 4층 비룡소
전화 02)515-2000 팩스 02)515-2007
홈페이지 www.bir.co.kr
제품명 어린이용 반양장 도서 제조자명 (주)비룡소 제조국명 대한민국 사용연령 3세 이상

ISBN 978-89-491-2348-6 44800
    978-89-491-2053-9(세트)

| 블루픽션 시리즈

1. 스켈리그 데이비드 알몬드 글/ 김연수 옮김

안데르센 상, 엘리너 파전 문학상, 카네기 상, 휘트브레드 상, 마이클 L.프린츠 상,
어린이도서연구회 권장 도서, 책교실 권장 도서, 중앙독서교육 추천 도서

2. 운하의 소녀 티에리 르냉 글/ 조현실 옮김

소르시에르 상, 어린이도서연구회 권장 도서

4. 0에서 10까지 사랑의 편지 수지 모건스턴 글/ 이정임 옮김

밀드레드 L. 배첼더 상, 어린이도서연구회 권장 도서

5. 희망의 섬 78번지 우리 오를레브 글/ 유혜경 옮김

안데르센 상 수상 작가, 밀드레드 L. 배첼더 상, 머더카이 상, 아침햇살 선정 좋은 어린이 책,
중앙독서교육 추천 도서, 책교실 권장 도서, 책따세 추천 도서

6. 뤽스 극장의 연인 자닌 테송 글/ 조현실 옮김

프랑스 '올해의 청소년 책', 소르시에르 상, 어린이도서연구회 권장 도서, 열린 어린이가 뽑은 좋은 책

7. 시인 X 엘리자베스 아체베도 글/ 황유원 옮김

카네기상, 내셔널 북 어워드, 마이클 L. 프린츠 상, 보스턴 글로브 혼 북 상, 골든 카이트 어워드,
아침독서 추천 도서

9. 이매지너리 프렌드 매튜 딕스 글/ 정회성 옮김

10. 초콜릿 전쟁 로버트 코마이어 글/ 안인희 옮김

미국 도서관 협회 선정 도서, 뉴욕타임스 선정 도서, 어린이도서연구회 권장 도서

11. 전갈의 아이 낸시 파머 글/ 백영미 옮김

뉴베리 상, 국제 도서 협회 선정 도서, 마이클 L. 프린츠 상, 책교실 권장 도서, 어린이도서연구회 권장 도서

13. 나의 산에서 진 C. 조지 글/ 김원구 옮김

뉴베리 상, 미국 도서관 협회 선정 도서, 어린이도서연구회 권장 도서,
열린 어린이가 뽑은 좋은 책, 책교실 권장 도서

15. 우리 형은 제시카 존 보인 글/ 정회성 옮김

줏대있는 어린이 추천 도서

17. 푸른 황무지 데이비드 알몬드 글/ 김연수 옮김

안데르센 상, 엘리너 파전 문학상, 스마티즈 상, 마이클 L.프린츠 상, 어린이도서연구회 권장 도서

18. 킬리만자로에서, 안녕 이옥수 글

학교도서관저널 추천 도서

20. 기억 전달자 로이스 로리 글/ 장은수 옮김

뉴베리 상, 보스턴 글로브 혼 북 명예상, 어린이도서연구회 권장 도서,
열린 어린이가 뽑은 좋은 책, 교보문고 추천 도서

22. 내 인생의 스프링캠프 정유정 글

세계청소년문학상, 문화관광부 교양 도서, 어린이도서연구회 권장 도서,
교보문고 추천 도서, 학도넷 추천 도서

23. 줄무늬 파자마를 입은 소년 존 보인 글/ 정희성 옮김

아일랜드 '오늘의 책', 행복한 아침독서 추천 도서, 교보문고 추천 도서

25. 파랑 채집가 로이스 로리 글/ 김옥수 옮김

어린이도서연구회 권장 도서

26. 하이킹 걸즈 김혜정 글

블루픽션상, 한국문화예술위원회 우수문학도서, 책따세 추천 도서, 학도넷 추천 도서

27. 지구 아이 최현주 글

제11회 블루픽션상 수상작

28. 나는 브라질로 간다 한정기 글

황금도깨비상 수상 작가, 소년조선일보 추천 도서, 중앙일보 추천 도서

29. 키싱 마이 라이프 이옥수 글

한국문화예술위원회 우수문학도서, 어린이도서연구회 권장 도서, 교보문고 추천 도서,
전국독서새물결모임 추천 도서, 학교도서관저널 추천 도서

30. 꼴찌들이 떴다! 양호문 글

블루픽션상, 행복한 아침독서 추천 도서, 교보문고 추천 도서, 책따세 추천 도서,
경기도학교도서관사서협의회 추천 도서, 중앙일보 북클럽 추천 도서

31. 우연한 빵집 김혜연 글

문학나눔 선정 도서, 학교도서관저널 추천 도서, 책따세 추천 도서, 아침독서 추천 도서,
어린이도서연구회 추천 도서

32. 생쥐와 인간 존 스타인벡 글/ 정영목 옮김

미국 도서관 협회 선정 도서, 국립어린이청소년도서관 추천 도서

33. 두 개의 달 위를 걷다 샤론 크리치 글/ 김영진 옮김

뉴베리 상, 미국 어린이 도서상, 스마티즈 북 상, 영국독서협회 상 수상작,
경기도학교도서관사서협의회 추천 도서, 학도넷 추천 도서

34. 침묵의 카드 게임 E. L. 코닉스버그 글/ 햇살과나무꾼 옮김

스쿨 라이브러리 저널 선정 최고의 책, 에드거 앨런 포 상 노미네이트,
경기도학교도서관사서협의회 추천 도서, 아침독서 추천 도서

35. 빅마우스 앤드 어글리걸 조이스 캐럴 오츠 글/ 조영학 옮김

스쿨 라이브러리 저널 선정 최고의 책, 미국 도서관 협회 선정 최고의 청소년 책,
뉴욕 공립 도서관 추천 도서, 학교도서관저널 추천 도서

36. 서쪽 마녀가 죽었다 나시키 가오 글/ 김미란 옮김

소학관 문학상, 일본 아동문학가협회 신인상, 한국간행물윤리위원회 청소년 권장 도서,
어린이도서연구회 권장 도서, 아침독서 추천 도서, 책따세 추천 도서

37. 닌자걸스 김혜정 글

전국학교도서관담당교사모임 추천 도서, 아침독서 추천 도서

38. 첫사랑의 이름 아모스 오즈 글/ 정희성 옮김

안데르센 상, 제브 싱

39. 하니와 코코 최상희 글

블루픽션상, 사계절문학상 수상 작가, 학교도서관저널 추천 도서

40. 파랑 치타가 달려간다 박선희 글

제3회 블루픽션상 수상작, 학교도서관저널 추천 도서, 아침독서 추천 도서,
어린이도서연구회 권장 도서, 책따세 추천 도서, 문화체육관광부 우수교양도서

41. 나는, K다 이옥수 글

학교도서관저널 추천 도서

42. 어쩌자고 우린 열일곱 이옥수 글

한국도서관협회 우수문학도서, 학교도서관저널 추천 도서

43. 앉아 있는 악마 김민경 글

44. 최후의 Z 로버트 C. 오브라이언 글/ 이진 옮김

뉴베리 상 수상 작가

46. 줄리엣 클럽 박선희 글

제3회 블루픽션상 수상 작가, 대한출판문화협회 선정 올해의 청소년 도서,
한국도서관협회 선정 우수문학도서

47. 번데기 프로젝트 이제미 글

제4회 블루픽션상 수상작

48. 뚱보가 세상을 지배한다 K.L. 고잉 글/ 정회성 옮김

마이클 L. 프린츠 아너 상

49. 파랑 피 메리 E. 피어슨 글/ 황소연 옮김

미국학교도서관저널, 미국도서관협회 선정 청소년 분야 '최고의 책',
학교도서관저널 추천 도서, 책따세 추천 도서

50. 판타스틱 걸 김혜정 글

제1회 블루픽션상 수상 작가, 대한출판문화협회 선정 올해의 청소년 도서,
고래가 숨쉬는 도서관 선정 도서, 한국도서관협회 선정 우수문학도서,
경기도학교도서관사서협의회 추천 도서

51. 어쨌거나 스무 살은 되고 싶지 않아 조우리 글

제12회 블루픽션상 수상작

52. 우리들의 팝조름한 여름날 오채 글

마해송 문학상 수상 작가, 한국도서관협회 선정 우수문학도서,
국립어린이청소년도서관 추천 도서, 경기도학교도서관사서협의회 추천 도서,
2017 순천시 One City One Book 선정 도서

53. 웰컴, 마이 퓨처 양호문 글

제2회 블루픽션상 수상 작가, 대한출판문화협회 선정 올해의 청소년 도서,
경기도학교도서관사서협의회 추천 도서

54. 초록 눈 프리키는 알고 있다 조이스 캐럴 오츠 글/ 부희령 옮김

미국 내셔널북어워드, 오헨리 상 수상 작가, 경기도학교도서관사서협의회 추천 도서,
국립어린이청소년도서관 추천 도서

56. 메신저 로이스 로리 글/ 조영학 옮김

뉴베리 상, 보스턴 글로브 혼 북 명예상 수상 작가, 경기도학교도서관사서협의회 추천 도서

59. 고백은 없다 로버트 코마이어 글/ 조영학 옮김

전미 도서관 협회 선정 청소년을 위한 최고의 책,
퍼블리셔스 위클리 선정 최고의 책, 북리스트 편집자의 선택

61. 개 같은 날은 없다 이옥수 글

2013 서울 관악의 책, 목포시립도서관 추천 도서 , 울산남부도서관 올해의 책,
책따세 추천 도서, 한국간행물윤리위원회 청소년 권장 도서, 한국도서관협회 우수문학도서,
국립어린이청소년도서관 추천 도서

63. 명탐정의 아들 최상희 글

제5회 블루픽션상 수상 작가, 문화체육관광부 우수교양도서

64. 갈까마귀의 여름 데이비드 알몬드 글/ 정회성 옮김

안데르센 상, 엘리너 파전 문학상, 카네기 상, 휘트브레드 상 수상 작가

65. 파랑의 기억 메리 E. 피어슨 글/ 황소연 옮김

67. 하필이면 왕눈이 아저씨 앤 파인 글/ 햇살과나무꾼 옮김

카네기 메달, 가디언 어린이 픽션 상

68. 반드시 다시 돌아온다 박하령 글

제10회 블루픽션상 수상작, 학교도서관저널 추천 도서, 세종도서 문학나눔 선정 도서

69. 원더랜드 대모험 이진 글

제6회 블루픽션상 수상작, 국립어린이청소년도서관 추천 도서, 아침독서 추천 도서

70. 나는 일어나, 날개를 펴고, 날아올랐다 조이스 캐럴 오츠 글/ 황소연 옮김

미국 내셔널북어워드, 오헨리 상 수상 작가

71. 칸트의 집 최상희 글

제5회 블루픽션상 수상 작가, 아침독서 추천 도서, 세종도서 문학나눔 선정 도서

72. 태양의 아들 로이스 로리 글/ 조영학 옮김

뉴베리 상, 보스턴 글로브 혼 북 명예상 수상 작가

73. 마법의 꽃 정연철 글

푸른문학상 수상 작가, 세종도서 문학나눔 선정 도서, 학교도서관저널 추천 도서

74. 파라나 이옥수 글

학교도서관저널 추천 도서, 사계절문학상 수상 작가, 책따세 추천 도서, 국립어린이청소년도서관
추천 도서, 세종도서 문학나눔 선정 도서, 아침독서 추천 도서

75. 그 여름, 트라이앵글 오채 글

마해송 문학상 수상 작가, 국립어린이청소년도서관 추천 도서, 아침독서 추천 도서

76. 밀레니얼 칠드런 장은선 글

제8회 블루픽션상 수상작, 학교도서관저널 추천 도서, 아침독서 추천 도서

77. 아르주만드 뷰티 살롱 이진 글

블루픽션상 수상작가, 한국출판문화진흥원 우수 콘텐츠 제작 지원 당선작

78. 굿바이 조선 김소연 글

80. 당첨되셨습니다 - SF 앤솔러지 길상효 오정연 전혜진 정재은 홍준영 곽유진 홍지운
이지은 이루카 이하루 글

81. 순례 주택 유은실 글
2021 중구민 한 책 선정, 2022 광주시 동구 올해의 책, 2022 미추홀구의 책,
2022 양주시 올해의 책, 2022 원 북 원 부산 올해의 책, 2022 원 북 원 포항 올해의 책,
2022 원주시 한 도시 한 책 읽기 선정 도서, 2022 익산시 올해의 책,
2022 전남도립도서관 올해의 책, 2022 전주시 올해의 책, 2022 평택시 올해의 책,
국립어린이청소년도서관 추천 도서, 문학나눔 우수문학 도서,
서울시 교육청 어린이도서관 추천 도서, 아침독서 추천 도서, 2022 대구 올해의 책,
2023 청주, 구미, 금산군 올해의 책

82. 녀석의 깃털 윤해연 글
학교도서관저널 추천 도서, 문학나눔 우수문학 도서

83. 모두의 연수 김려령 글

⊙ 계속 출간됩니다.